Título original: *Sfida a Central Park*

Primera edición: enero de 2018

©2015, Edizioni Piemme S.p.A.,
Via Mondadori, 1. 20090 Segrate (Milán, Italia)
©2018, Penguin Random House Grupo Editorial, S.A.U.
Travessera de Gràcia, 47-49. 08021 Barcelona
©2018, Santiago Jordán Sempere, por la traducción
Texto de Luigi Garlando
Ilustraciones de Danilo Loizedda
Color de Alessandro Muscillo
Proyecto editorial de Marcella Drago y Clare Stringer
Proyecto gráfico de Gioia Giunchi y Laura Zuccotti
Realización editorial de Atlantyca Dreamfarm s.r.l.

Publicado originalmente en Italia por Edizioni Piemme S.p.A.
www.battelloavapore.it – www.edizpiemme.it
Adaptación del diseño de la cubierta: Penguin Random House Grupo Editorial / Judith Sendra
Publicado por acuerdo con Grandi & Associati, Milano

Printed in Spain – Impreso en España

ISBN: 978-84-9043-890-9
Depósito legal: B-22.947-2017

Compuesto en Compaginem Llibres, S.L.

Impreso en Huertas
Fuenlabrada (Madrid)

GT 3 8 9 0 9

Penguin
Random House
Grupo Editorial

Luigi Garlando

Un partido en central Park

ILUSTRACIONES DE DANILO LOIZEDDA

Montena

¿QUIÉNES SON LOS CEBOLLETAS?

Los Cebolletas son un equipo de fútbol. Han ganado una liga, pero para ellos la diversión y la amistad siempre serán más importantes que el resultado. A la pregunta de si se sienten pétalos sueltos, responden: «¡No, somos una sola flor!».

GASTON CHAMPIGNON
ENTRENADOR

Exjugador profesional y chef de alta cocina. Nunca se separa de su gato, Cazo. Sus dos frases preferidas son: «El que se divierte siempre gana» y «*Bon appétit, mes amis!*».

TOMI
DELANTERO CENTRO

El capitán del equipo. Lleva el fútbol en la sangre y solo tiene un punto débil: no soporta perder.

NICO
ORGANIZADOR DEL JUEGO

Le encantan las mates y los libros de historia. Antes odiaba el deporte, pero ahora ha descubierto que en el terreno de juego la geometría y la física también pueden ser de gran utilidad...

BECAN
EXTREMO DERECHO

Es albanés y, aunque dispone de poco tiempo para entrenarse, tiene madera de auténtico crac: corre como una gacela y su derecha es inigualable.

LARA Y SARA
DEFENSAS

Pelirrojas y pecosas, se parecen como dos gotas de agua. Antes estudiaban ballet, pero en lugar de hacer acrobacias con la pelota se pasaban el día luchando por ella...

FIDU
PORTERO

Devora el chocolate blanco y le apasiona la lucha libre. Cuando ve el balón acercarse a la portería, ¡se lanza sobre él como si fuera un helado con nata!

JOÃO
EXTREMO IZQUIERDO

Un *meninho* de Brasil, el paraíso del fútbol. Tiene un montón de primos mayores, con quienes aprende samba y se entrena con el balón.

DANI
RESERVA

Sus amigos lo llaman Espárrago (y no es difícil adivinar por qué). Sus tres hermanos juegan al baloncesto, pero a él siempre se le han dado mucho mejor los remates y los cabezazos...

PAVEL E ÍGOR
DELANTEROS

Dos gemelos rubios de lo más avispados y rápidos, que en el campo tienen por costumbre charlar sin parar.

JULIO
EXTREMO DERECHO

Es velocísimo, da unos pases extraordinarios y ha jugado con los Tiburones Azzules y luego en el Real Madrid con Tomi.

RAFA
DELANTERO CENTRO

Acaba de llegar de Italia, donde jugaba con el equipo juvenil del Roma. Es alto, rubio y lleva el pelo largo.

AQUILES
MEDIOCAMPISTA

Es el matón de la escuela, pero le gusta el fútbol y, para entrar en los Cebolletas, ha decidido suavizar un poco sus modales.

ELVIRA
DEFENSA

Era la capitana y una de las mejores jugadoras del Rosa Shocking. Tiene una hermosa trenza negra y es muy guapa.

BRUNO
CENTROCAMPISTA

Exnúmero 10 de los Diablos Rojos. Es fuerte como un toro, pero tiene un corazón de lo más tierno y adora a los animales.

A todos los cazadores de erratas, tan abnegados
como ignorados

1
¿CAVIAR O MERENGUES?

Las vacaciones de Navidad están a la vuelta de la esquina y en el barrio de La Florida sopla un viento gélido. Los Cebolletas y muchos de sus padres se han reunido en el Pétalos a la Cazuela, pero no para cenar. Es una velada realmente especial. Y la prueba de ello es que Gaston Champignon no está con ellos, sino en la pantalla del televisor...

Como recordarás, el cocinero-entrenador ha ideado una estratagema para que su restaurante vuelva a estar en el mapa. Y es que en los últimos tiempos el número de clientes se ha reducido considerablemente a causa de la apertura del Molécula, un local de cocina molecular que de la noche a la mañana se ha convertido en el último grito de la restauración.

Pero la manera de lograrlo no ha sido gracias a una competencia honesta y leal: el pobre Gaston ha pagado cara su ingenuidad y ha tenido que cerrar su local durante varias semanas, tras una inspección de la Subdirección de Higiene de la Comunidad de Madrid en la que descubrieron al gato Cazo dormido en su olla favorita y acusaron al míster de falta de limpieza. Champignon está convencido de que Leo León, el propietario del Molécula y celebridad mundial de la cocina molecular, fue quien dio el soplo a la administración con la esperanza de obligar a cerrar el Pétalos a la Cazuela.

De hecho, Leo había tratado de convencer a Gaston de mil maneras para que le vendiera el Pétalos a la Cazuela, pero al no conseguirlo es probable que buscara un modo para que lo cerraran y poder inaugurar su restaurante sin que otro cocinero le hiciera sombra.

Obviamente, en la revisión de las instalaciones efectuada tras la inspección inicial no se encontró ninguna irregularidad en la cocina del Pétalos a la Cazuela, que pudo volver a abrir. Pero mientras tanto, la noticia de la supuesta insalubridad del restaurante dio la vuelta a la ciudad y, como siempre pasa en estos casos, al pasar de boca a oreja se fue haciendo cada vez mayor.

En resumen, en parte por el golpe bajo de Leo León y en parte por la indudable pericia de este como cocinero (¡incluso logró conquistar al mismísimo Fidu con sus helados!), en los últimos tiempos el local de Gaston se ha quedado vacío a menudo, de modo que este ha hecho un movimiento inesperado.

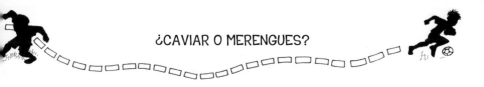
Hay un programa de televisión en el que la gente puede medirse con una celebridad en cualquier terreno: la pintura, la literatura o la cocina. Quizá recuerdes que hace poco participó un niño de seis años que retó a un concurso de toques ni más ni menos que al gran Isco. En la edición que está a punto de emitirse, Gaston Champignon se medirá con Leo León, el maestro de la cocina molecular.

Los Cebolletas se han congregado en el Pétalos a la Cazuela para seguir la aventura de su entrenador y apoyarlo como si estuvieran en un estadio.

—Amigas y amigos, espero que no hayan cenado mucho, porque el concurso de esta noche es de los que llenan la barriga. Se me está haciendo la boca agua, así que no perdamos más tiempo y demos la bienvenida a los dos con-

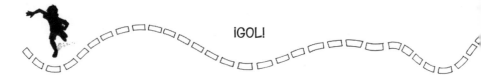
cursantes. Señoras y caballeros, tengo el honor de presentarles al Picasso de los fogones, el científico que ha revolucionado nuestras mesas y nuestros paladares, el cocinero más célebre del mundo, el gran maestro de la cocina molecular, ¡el sin par Leo León!

Una estruendosa ovación del público saluda la entrada del cocinero leonés, vestido de negro de la cabeza a los pies, que agradece la acogida con una elegante reverencia.

—¿Qué le ha parecido el recibimiento? —inquiere el presentador.

—Lo mínimo para un genio de mi talla —responde Leo León, provocando las sonrisas de los espectadores.

En el Pétalos a la Cazuela, en cambio, se eleva un murmullo de indignación. Chus silba en dirección a la pantalla, mientras Fidu comenta:

—Ese cuervo negro me resulta tan simpático como los deberes del cole.

Antes de presentar al otro concursante, el conductor del programa hace una breve entrevista al célebre cocinero:

—¿Cómo definiría su cocina molecular, señor León?

—Una batalla por el progreso y la libertad —afirma el propietario del Molécula—. Nos habíamos quedado estancados en el fuego de nuestros antepasados, que vivían en las cavernas. Cuando hemos descubierto nuevos métodos para freír o para refrigerar un alimento, cuando la química

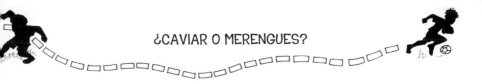

nos ha propuesto nuevas técnicas y sustancias para combinar con nuestros platos, nos hemos vuelto más libres. Más libres para descubrir nuevos sabores, menos encadenados a las viejas tradiciones.

—Eso es precisamente lo que le reprochan sus detractores: la química. ¿De verdad es inocua? ¿No es mejor seguir utilizando los productos de la huerta y la granja?

—Mire, yo hago helado con nitrógeno líquido, un gas que está en el aire que respiramos —explica León—. ¿Hay algo más puro que el aire? Cuando inventaron las bombillas, la gente se preguntaba si podían fiarse de ellas. ¿Usted sigue usando lámparas de petróleo o ilumina su casa con bombillas?

—Con bombillas.

—¿Lo ve? Le aseguro que pronto solo comerá cocina molecular —concluye tajantemente el chef.

El público le dedica un generoso aplauso.

—Un tipo duro este León... ¿Qué les parece, amigas y amigos? —pregunta el presentador dirigiéndose a la cámara—. Tengo la impresión de que el otro concursante las va a pasar canutas. Ha llegado el momento de que lo conozcan: viene de Madrid, pero representa en parte la gran tradición de la cocina francesa, una de las más apreciadas del planeta. ¡Les presento a Monsieur Champignon, chef del Pétalos a la Cazuela!

Una ovación propia de un estadio de fútbol hace estremecerse las paredes del restaurante del paseo de la Florida.

Aparece Gaston que agradece los aplausos, mientras se quita el sombrero de cocinero y se atusa el bigote por el lado derecho.

—Hay que decir que los platos del señor Champignon tienen ingredientes tan sorprendentes como los de Leo León, aunque son completamente distintos: se trata de flores —anuncia el responsable del programa—. ¿Cómo se le ocurrió la idea, Gaston?

—¿Dónde ponemos las flores cuando nos las regalan? —pregunta el chef francés—. En el centro de la mesa, ¿verdad? Es el lugar adecuado cuando la mesa está lista, ya que siguen aportándonos aroma y belleza.

—¿Está usted de acuerdo, señor León?

—No, para mí las flores y la hierba siguen siendo comida para vacas —replica Leo, mirando a cámara con aire soberbio.

El público presente en el estudio ríe pero los Cebolletas reaccionan con indignación.

—¡Qué maleducado! —salta Sofía.

—Me corrijo: ese cuervo me resulta tan antipático como los deberes del cole y los exámenes.

—León ha asestado el primer zarpazo —interviene el presentador, contento por el aumento de la tensión entre los dos concursantes—. Demos a Gaston el derecho a réplica: ¿qué opina de la cocina molecular?

18

—Creo que el gas para lo que sirve es para inflar globos —responde Champignon, acariciándose el bigote por la punta izquierda.

Esta vez el público del plató aplaude con ganas la contraofensiva del cocinero-entrenador, que provoca una gran ovación en el Pétalos a la Cazuela.

—¡Genial, míster! —aúlla Sara—. ¡Dale una lección!

—Gaston tampoco tiene pelos en la lengua... —comenta el conductor del programa, cada vez más satisfecho—. Creo que los fogones del concurso ya están a punto. Ah, me olvidaba de algo importante. Este desafío entre Gaston y Leo es una especie de derbi, porque sus restaurantes están en la misma calle, de hecho se ven desde una acera a la otra, ¡como en los duelos de las películas de vaqueros!

—Aunque hay una diferencia —precisa el pérfido Leo—: en mi restaurante entran clientes...

Esta vez el presentador no cede la palabra a Gaston para que pueda replicar, sino que recuerda rápidamente las condiciones del concurso, antes de dar la orden de inicio a los contendientes:

—Nuestros cocineros deberán preparar un postre mientras nos van contando lo que hacen. Cuando acabe la prueba, los tres miembros del jurado decidirán quién es el vencedor. Recordemos que Gaston, que desafía a León, no solo se juega la gloria, sino un hermoso cheque de diez mil euros.

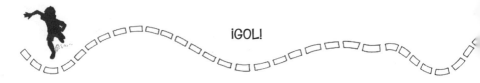
¡Prepárense, amigas y amigos, porque el concurso está a punto de comenzar¡ ¡Cocineros, a sus fogones!

Un gran aplauso y un ensordecedor estrépito de bocinazos anuncian que el programa entra en su fase decisiva.

Leo León, que en lugar de un delantal o una chaqueta de chef viste una camisa blanca de científico, empieza a explicar:

—Para mi postre, un sabroso caviar de fresas, no necesito fogones. En este recipiente con agua deshago un poco de alginato de sodio. Y para que el florista Gaston, ese gran amigo de la naturaleza, no se preocupe, le diré que el alginato es una sal extraída de las algas, y no un producto procedente de un laboratorio.

Algunos asistentes al programa ríen al oír el comentario.

—Al alginato le añado un sirope de fresas de lo más natural. En otro recipiente preparo una solución de cloruro de calcio. Ahora lo aspiro con una pipeta y lo voy soltando gota a gota en el cuenco del sirope. Observen qué ocurre...

La cámara agranda la imagen del recipiente y muestra el truco de magia: cada gota que cae de la pipeta se transforma en una bolita de gelatina al entrar en contacto con el líquido.

—Por último, extraigo con un colador todas las bolitas rojas, las lavo con agua para quitarles el amargor del alginato y las deposito en una copa. Ahí tienen mi caviar de fresas. Dentro de la gelatina está el sirope líquido: las bolas

se deshacen en la boca y dejan el sabor puro de la fresa. Los niños las adoran.

—Me temo que tengo que darle la razón: están delicio-sas —salta Fidu—. Las probé en el Molécula.

—Ese León es insoportable, pero tengo que reconocer que ha hecho un numerito muy convincente —añade João—. La gelatina ha aparecido como por arte de magia y si además está buena...

El público presente en directo opina lo mismo que el extremo brasileño, porque recompensa al chef leonés con un largo aplauso, y son muchos los que se ponen en pie. El presentador exclama:

—El gran León ha asestado un poderoso zarpazo, propio de un rey de la cocina... No le será fácil al otro concursante superar al maestro. ¡Animémoslo con un gran aplauso!

Gaston da las gracias, se remanga y se pone manos a la obra, contando paso por paso todas sus operaciones.

—No esperen trucos de ilusionista. No voy a sacar nada de la nada y no usaré ingredientes misteriosos, sino elementos tan cotidianos como los huevos, el azúcar y el aire, fundamental para que los merengues sean ligeros. Para mí, el cloruro de calcio siempre será la sal que se esparce en las calles cuando están heladas...

Muchos miembros del público ríen con sorna.

—Sí, pero para derrotar al gran León tendrá que haber

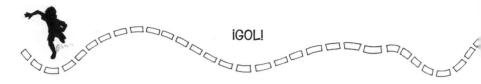

un secreto —le presiona el presentador—. ¿O cree que puede ganar el concurso con unos simples merengues?

—Claro que tengo un secreto —confirma Champignon, atusándose el mostacho por el extremo derecho y haciendo llover sobre la mesa una cascada de pétalos de rosa—. Ahí lo tienen: son las rosas que glasearé con los merengues. Como pueden apreciar, no soy precisamente el dios de la belleza. Y, sin embargo, un día conquisté en París a la bailarina más hermosa del mundo, que hoy es mi mujer. Las rosas pueden ayudar a ganar batallas que parecen perdidas de antemano. La cocina no es ciencia ni revolución, háganle caso al viejo Gaston: la cocina es amor. Con los labios se come y se besa, señores míos. ¡Aquí tienen mis merengues a la rosa, ya pueden probarlos!

El aplauso que premia el final del trabajo del cocinero francés es aún más fuerte y apasionado que el dedicado a Leo León, que no puede evitar una mueca de desagrado e inquietud, recogida prestamente por la cámara.

La ovación de los Cebolletas en el Pétalos a la Cazuela es todavía más atronadora.

Sofía, emocionada, confía a Daniela y Lucía con una sonrisa:

—Me casé con el hombre más dulce del mundo. Un merengue con bigotes...

Un redoble de tambor y el silencio que se hace de re-

pente en el plató anuncian que ha llegado el momento del veredicto.

—Nuestros tres grandes expertos han probado los postres preparados por Leo León y Gaston Champignon y están en condiciones de decirnos quién ha sido el ganador de este desafío —explica el presentador, antes de ceder la palabra al primer miembro del jurado.

—Un buen cocinero siempre tiene que dejarnos con la boca abierta, porque con la boca cerrada no se come —bromea—. Yo voto por la originalidad, la fantasía y la rapidez de ejecución de Leo León, que me ha dejado boquiabierto. Prefiero su caviar de fresas.

El público aplaude y el cocinero leonés, enfocado en primer plano, sonríe, seguro de su triunfo.

—Pues yo me decanto por los huevos, el azúcar y el aire, porque simplemente nombrándolos ya me gustan —explica el segundo miembro del jurado—. Después de oír palabras como cloruro o alginato, me he tragado las bolitas de León como si fueran pastillas medicinales. Voto por los merengues a la rosa de Gaston Champignon.

Los Cebolletas se ponen todos en pie de un bote, como para celebrar un gol. El gol del empate.

El voto del tercer miembro del jurado será decisivo. ¿Qué le habrá gustado más, el caviar de fresas o el merengue a las rosas?

23

2
¡VACACIONES A LA VISTA!

—Debo admitir que he estado dudando un buen rato... —explica el tercer miembro del jurado, un tipo estrafalario con un fular amarillo chillón y gafitas rojas—. Por una parte, la innovación; por otra, la tradición... A su modo, los dos sabores resultan intrigantes. Me había resignado a decretar un empate, cuando me ha asaltado el perfume de las rosas y mis dudas se han disipado. Ha sido como un flechazo por la cocina de Gaston Champignon. La razón le asiste: los platos han de hablar al corazón y enamorar. Como mi voto decide la victoria, anuncio oficialmente que ¡la cocina sentimental ha derrotado a la cocina molecular!

Entre bastidores, Monsieur Champignon se prepara para volver al plató, emocionado como un niño pequeño el día de Navidad.

¡GASTON, GASTON!

¡GASTON, GASTON!

UNA MÚSICA TRIUNFAL SALUDA EL RETORNO A ESCENA DE GASTON, MIENTRAS EL PÚBLICO COREA SU NOMBRE.

Los Cebolletas, enloquecidos y subidos a las mesas del Pétalos a la Cazuela, cantan aún más fuerte...

Lucía y Daniela abrazan y felicitan efusivamente a Sofía, que está orgullosa y emocionada por el éxito televisivo de su marido. Sabe cuánto ha sufrido este en los últimos meses por la crisis del restaurante y, sobre todo, por las injustas sospechas que han empañado la buena reputación del local. No podía haber soñado con un mejor resarcimiento después de tantas penalidades.

Elvis, el padre de Becan, que ayuda a Champignon en la cocina, tiene los ojos brillantes de la emoción. Y en medio de todo el jolgorio, el gato Cazo sigue durmiendo beatíficamente dentro de su olla: nadie se volverá a quejar de que ande por la cocina.

Chus celebra la noticia saltando en brazos de Tomi, como suele hacer en el campo cuando mete un gol. El capi-

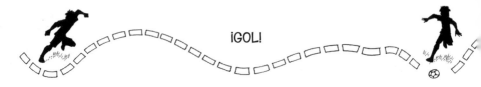

tán se pone más rojo que sus amigos los peces del Retiro, pero esta vez no protesta como de costumbre, a lo mejor porque no está Eva, que le habría montado un numerito espantoso. Pero la escena es observada por Rafa, que lanza una mirada enojada al capitán.

Mientras tanto, el presentador trata de evitar que León, que está de un humor más negro que su ropa, se vaya del plató:

—Espere, León, falta la ceremonia de entrega de premios.

Pero el propietario del Molécula sale del escenario furioso:

—No me pienso quedar ni un segundo más en este antro de cavernícolas. ¡Quedaos con vuestros merengues y vuestras lámparas de petróleo, yo vuelvo al futuro y al progreso!

El público acompaña su salida del estudio con silbidos y abucheos, mientras el conductor del programa trata de recuperar el control de la situación y, con una sonrisa ligeramente forzada, comenta:

—Está claro que aceptar la derrota no es el plato fuerte de la cocina molecular...

—Pues debería ser el primer plato en todos los menús —añade Gaston—. A mis Cebolletas siempre les digo que el que se divierte siempre gana.

—Señor Champignon, es usted una caja de sorpresas. ¿O sea que tiene usted por costumbre hablar con sus cebolletas y verduras mientras cocina? ¿Una charla y luego a la sartén?

—No, no, permítame que me explique... Los Cebolletas son los jóvenes del equipo de fútbol que entreno y que tantas alegrías me dan.

—Bueno, entonces con este cheque les podrá hacer un gran regalo a sus pupilos —sugiere el presentador mientras entrega oficialmente el talón al dueño del Pétalos a la Cazuela.

El público vuelve a aplaudir con entusiasmo.

Champignon se atusa el bigote por el lado derecho, coge el cheque y declara:

—Es lo que pienso hacer.

—Juraría que ya tiene pensado qué tipo de regalo les hará.

—Tenía la intención de concederme unas cortas vacaciones con mi esposa. Pero ahora, con este cheque seguramente invitaré a los Cebolletas para que vengan con nosotros. Siempre que salimos juntos nos lo pasamos bomba.

—¿Han oído, queridas amigas y amigos? Nuestro ganador invertirá sus diez mil euros para llevarse de vacaciones a los chicos de su equipo de fútbol. Parece un cuento de Navidad, ¡no en vano nuestro Gaston tiene un físico digno de Papá Noel! ¡Hasta la próxima edición de *Tú eres la estrella!* ¡Buenas noches!

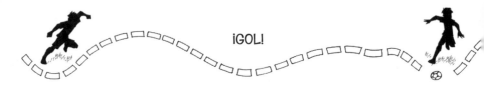

Como cabía esperar, el anuncio de Gaston ha desencadenado una auténtica fiesta en su restaurante. Los Cebolletas están imaginando el destino del viaje: cada uno lanza una idea y, en cinco minutos, el equipo de Tomi ya ha dado la vuelta al mundo con su fantasía...

Armando bromea con Sofía:

—Si habías programado unas vacaciones románticas con tu marido y su corazón de merengue, ya te puedes ir olvidando de ellas. Volverás a tener al equipo de marras entre los pies.

—Ya estoy acostumbrada —sonríe la bailarina—. ¿Qué sería la familia Champignon sin los Cebolletas?

—Como una receta de Gaston sin flores, ¡imposible! —zanja Daniela.

—*Superbe!* —exclama Augusto imitando la voz del cocinero francés y provocando una carcajada unánime.

Al día siguiente, por la tarde, los Cebolletas se encuentran en la parroquia de San Antonio de la Florida y, como es natural, siguen hablando del viaje que les ha regalado por sorpresa Champignon.

—¿Por qué no volvemos a Brasil? —propone João—. Allí ahora es verano y ya hemos ido, así que podemos tener la seguridad de que nos divertiremos como locos.

—Justamente porque ya hemos estado dos veces, deberíamos cambiar —objeta Becan—. A mí me gustaría ir a un sitio que no conozca.

—Además, Brasil está muy lejos —señala Nico—. Podemos permitirnos una semana de vacaciones, o diez días como mucho, porque luego hay que ir al cole.

—Aunque nos perdamos unos cuantos días de clase no nos van a meter en la cárcel —rebate Fidu, como un rayo—. Ya sé que te mueres de ganas de saludar a tus amadas maestras, pero a nosotros nos interesan más las vacaciones, empollón.

Los chicos ríen con ganas.

—¿Y si fuéramos a la montaña? —propone Sara—. La vez que nos fuimos de semana blanca lo pasamos en grande, ¿os acordáis?

—No, por favor, que en Madrid ya estoy muerto de frío... ¡Incluso ha nevado! Vamos a por un poco de calor —suplica Issa, el hijo adoptivo de Sofía y Gaston—. No olvidéis que vengo de África...

Por supuesto, su amiga Jamila, hija de Violette y Augusto, está de acuerdo con él:

—¡Yo voto por el sol!

Fidu, que siempre ha demostrado tener una simpatía especial por el campeón de minimotos, sonríe y pone una mano sobre el hombro de su amigo.

—Podríamos ir a Dubái, en los Emiratos Árabes —sugiere Rafa—. No está demasiado lejos en avión, hace calor, hay buenas playas y hasta tienen una pista de esquí cubierta, para que Sara pueda esquiar y estemos todos contentos.

—No es mala idea —aprueba Dani—. Durante la pausa de las ligas, muchos equipos importantes, como el Real Madrid, van a entrenar a Dubái. ¡Y nosotros también somos un equipo importante!

—Si en la fase de vuelta queremos remontar los tres puntos que nos sacan los Ragazzi de Milán y alzarnos con la copa de la Champions Kids, lo mejor será que nos pongamos a entrenar cuanto antes —coincide Nico.

—Eso lo dirás por vosotros, claro —precisa João—. Yo, como soy brasileño, me puedo pasar dos años parado sin que mis pies pierdan nada de su magia.

—Yo he nacido en Albania —replica como una flecha Becan—, pero te aseguro que en mis botas hay tanta magia como en las tuyas.

Como sabes, cuando los dos extremos de los Cebolletas empiezan a picarse de este modo, la cosa suele acabar en un duelo.

Y, en efecto, aquí lo tenemos...

Los chicos de la parroquia han moldeado un muñeco de nieve en el centro del campo: los ojos son dos piedras, la nariz una zanahoria y dos ramas hacen de brazos.

—Veamos quién decapita antes el muñeco —propone João.

El primero en disparar, a unos veinte metros de distancia, es Becan, que opta por un tiro seco con el empeine. La pelota sale como una bala en línea recta, pero pasa rozando su objetivo.

—Caramba, ¡se diría que lo has despeinado! —salta Fidu.

João dispara con efecto. La bola, golpeada con el interior del pie izquierdo, describe una curva en el aire y de repente cambia de dirección y choca con el pecho del muñeco. El pelotazo hace bambolear la cabeza, que se inclina hacia un lado, como si el muñeco se hubiera quedado dormido con la cabeza apoyada en un hombro.

El extremo brasileño estaba a punto de celebrar su hazaña, pero ha tenido que contenerse.

—Tranquilo, la cabeza sigue unida al cuello; ahora se la quito yo —promete Becan.

Pero su disparo fracasa otra vez, como también los dos siguientes. Al fin, el tercer zurdazo de João, potente y preciso, envía la zanahoria por los aires y hace rodar la cabeza helada del muñeco.

—¿Lo has visto, Becan? —pregunta el brasileño mientras se vuelve a sentar en el banco, muy pagado de sí mismo—. A mí no me hace falta entrenar...

—Bravo —lo felicita Tomi—, pero quitarle la cabeza a un

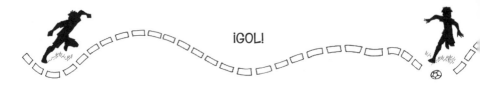
muñeco no es tan difícil. Lo realmente difícil es volvérsela a poner...

—¿Qué quieres decir? —se extraña João.

EL CAPITÁN COLOCA CON SUMO CUIDADO EL BALÓN EN EL SUELO, SIN DECIR NADA.

TOMA CARRERILLA Y LO GOLPEA POR DEBAJO, PARA QUE SE ELEVE.

LA BOLA ECHA A VOLAR...

Y CAE SOBRE EL MONTÓN DE NIEVE. AHORA EL MUÑECO TIENE UN BALÓN POR CABEZA.

João y Becan se quedan boquiabiertos. ¡Su capitán es un auténtico crac!

Dejemos a los Cebolletas atónitos ante la proeza de Tomi y vayamos a la tetería, donde Adam, que todavía lleva el

brazo en cabestrillo, felicita a Gaston por su éxito en la tele.

Como recordarás, el propietario del gimnasio KombActivo se cayó de una cornisa mientras espiaba a Elena, de la que está enamorado hasta los huesos. Trataba de descubrir quién era el rubiales con el que salía la checa, que al final resultó ser su hermano, y lo que consiguió fue acabar en Urgencias.

—Gaston, tengo la idea definitiva para tu viaje —le espeta Adam—: ¡Nueva York!

—¿Nueva York? —repite el cocinero con escepticismo.

—Claro que sí —replica el estadounidense mientras se acerca a la mesa de Daniela, Lucía y Sofía—. Es un crimen que tres señoras como ellas no hayan estado todavía en el centro del mundo...

—Nueva York... —pronuncia Sofía, como si estuviera degustando la idea del viaje y no un té a la menta.

—Tiene razón: después de Londres, Milán y París, nos falta Nueva York para acabar la vuelta al mundo de las grandes capitales de la moda —reconoce Daniela, la madre de las gemelas.

Gaston, aferrándose el lado izquierdo del bigote, trata de oponerse:

—Es que Issa me ha pedido que fuéramos a un sitio caluroso.

33

—Habrá de todo —asegura Adam—. Cinco días en Nueva York, tiempo suficiente para que os presente a mi querida familia. Y luego tres días en las Bahamas. De Nueva York a Nassau solo hay tres horas de vuelo. El premio que has ganado no cubrirá todos los gastos, pero al KombActivo le encantaría patrocinar estas vacaciones. Y para mí sería un honor poder presentar a mis mejores amigos de Madrid a mis padres.

—Supongo que tendrás previsto que venga Elena... —aventura Sofía con una sonrisa maliciosa.

—Claro —confirma Adam mientras se dirige a la barra, detrás de la cual la diosa de las tisanas prepara una infusión—. Quiero ver si es capaz de rechazar la invitación después de que me haya roto el brazo por ella...

—¿Estás seguro de que no prefieres que vaya Lavinia, la diosa de la paz interior? —le pincha Elena.

Champignon tiene ahora los dedos en el extremo derecho del mostacho y repite, cada vez con mayor convicción: «Nueva York y Bahamas»...

El proyecto de vacaciones convence enseguida a todos los Cebolletas, aunque se dividen cuando Rafa hace una propuesta:

—No le digamos nada a Chus...

—¿Y eso por qué? —pregunta Nico.

—Porque es el primer año que juega —explica el Niño.

34

—¿Y qué más da cuándo haya llegado? —salta Lara—. Si somos una flor, todos los pétalos tienen el mismo valor.

—Vale, pero Gaston no puede llevarnos a todos a Estados Unidos —objeta Fidu—. Lo que quiere decir Rafa es que los Cebolletas históricos deberíamos tener preferencia.

—Pero la Emperatriz se ha ganado las vacaciones —sostiene Nico—. Sin sus goles no estaríamos luchando por la final de la Champions Kids.

—Sin sus goles, Berto y yo habríamos jugado más —rebate Rafa—. Creo que la hemos tratado demasiado bien. Yo no la invitaría a Nueva York.

—Chicos, es demasiado tarde, ya lo he hecho... —revela el número 10.

El Niño se revuelve como un toro arrinconado:

—¡Si la defiendes tanto es porque estás enamorado de ella! ¡Hasta la médula! ¡Se te cae la baba!

—No es verdad, ¡es mentira! —se defiende Nico—. Eres tú quien la ataca, porque mete más goles que tú...

—¡Eh, vosotros dos, parad el carro! —grita la gemela—. En lugar de pelearos, ¿por qué no dedicáis un segundo a pensar en lo que haremos los Cebolletas en la gran Nueva York? ¿No es como un sueño?

—Un auténtico sueño, colegas... —confirma Fidu.

Y tú, ¿te imaginas a los Cebolletas en Nueva York? Pues ¡prepárate, porque están al caer!

3
LA ISLA
DE LAS
LÁGRIMAS

El viaje se organiza muy deprisa. Muchos Cebolletas siguen de vacaciones y otros ya tenían compromisos adquiridos para los días previstos. Al final, en el vuelo Madrid-Nueva York embarcan catorce jugadores del equipo de Champignon: Tomi, Nico, Fidu, Becan, João, Dani, las gemelas, Rafa, Aquiles, el Gato, Morten, Elvira y Chus. Completan el grupo Vacaciones Organizadas Cebolletas el cocinero-entrenador con su mujer y su hijo Issa, Augusto y Violette con Jamila, Eva, los padres de Tomi, la madre de las gemelas y Elena y Adam con su hermano Roger, defensa de los Escualos. El último participante es una sorpresa que deja estupefactos a los Cebolletas...

—¡Hola, Cebolluchos, puedo leer en vuestras caras cuánto os alegráis de verme! —salta Pedro, que arrastra una maleta con ruedas.

—Quiero creer que nos hemos encontrado por casualidad y que estás a punto de embarcar en un vuelo a Laponia —dice Sara.

—Esa debe ser la explicación —añade Dani—, que yo sepa, nadie lo ha invitado.

—Te equivocas, Espárrago —lo corrige el coletas—. Me ha invitado mi amigo Roger, que conoce Nueva York mejor que sus bolsillos. Estoy impaciente por asistir en directo a un partido de fútbol americano... ¡Lo vamos a pasar pipa en la Gran Manzana. Cebolluchos!

—Y tú estarás tan cómodo allí como un gusano —comenta Aquiles.

Los Cebolletas ríen con ganas y se dirigen al mostrador de facturación.

—¿Por qué la llaman «la Gran Manzana»? —quiere saber Becan.

—Según parece, el primero que la llamó así fue un periodista deportivo especializado en hípica —contesta Nico—. Como las carreras de caballos en las que más dinero se apostaba se celebraban en Nueva York, solía decir que para los jinetes la ciudad era la Gran Manzana, es decir, el mejor fruto posible. Y todo el mundo empezó a llamarla así. Sin embargo, hay quien afirma que el apodo surgió cuando los músicos de jazz que tocaban en conciertos en Nueva York recibían una manzana como regalo.

—Muy bien, lumbrera, ¡veo que te sabes de memoria la historia de Nueva York! Apuesto algo a que nos atosigarás con ella en los próximos días —ríe el portero de los Cebolletas.

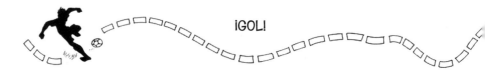

—¡Por supuesto! —confirma el número 10 con una sonrisa complacida.

Como de costumbre, en el avión los dos amigos se sientan juntos y, como de costumbre, Nico coge a Fidu de la mano en el momento del despegue, porque el porterón, que vuela sin miedo de un poste a otro de la portería, cuando se separa de tierra a bordo de un aeroplano nunca está del todo tranquilo...

Pero el viaje de Madrid a Nueva York transcurre sin problemas ni turbulencias. Es más, el fuerte viento de cola que ha empujado al aparato en el último tramo le permite aterrizar antes del horario previsto.

La comitiva recoge las maletas, pasa por el control de pasaportes y sube a los microbuses que los esperan para llevarlos a su alojamiento.

—Os he reservado un buen hotel en el Greenwich Village —informa Adam, a quien antes del viaje han quitado al fin el yeso del brazo y parece más en forma que nunca—. Es uno de los barrios más simpáticos de Manhattan, donde viven mis padres, en el corazón de la ciudad.

—¡Un lugar inmejorable para salir a la conquista de Nueva York! —exclama Nico, muy excitado, como le ocurre siempre que tiene ocasión de aprender algo nuevo.

—Sí, pero subamos al microbús —propone Issa—. Me estoy congelando.

—Y yo —añade Dani—. ¡A lo mejor nos han llevado de verdad a Laponia!

En efecto, la primera revelación después de desembarcar es preocupante: hace un frío tan penetrante que, en comparación, Madrid parece estar en plena primavera. Una noche gélida, pero límpida y tachonada de estrellas. Faltan unos minutos para la medianoche.

En cambio, la segunda revelación es fascinante y los deja a todos boquiabiertos: de repente, a lo lejos se dibuja el horizonte de la ciudad, el perfil de los rascacielos iluminados de Manhattan, es decir, una de las postales más famosas de todo el mundo.

—¡Menudo espectáculo! —comenta el Gato totalmente emocionado.

—Queridas amigas —suspira Daniela—, hemos llegado al centro de la Tierra.

—¿Qué te parece? —pregunta Adam, divertido ante la cara extasiada de Elena.

—Yo vengo de Praga, que no tiene nada que envidiar a Nueva York en cuanto a belleza —responde la diosa de las tisanas—, pero este panorama es magnífico.

En el microbús del capitán, los comentarios también son entusiastas.

—Parece un sueño... —observa Elvira.

—Es verdad —coincide Chus—. Hace dos días vi en la

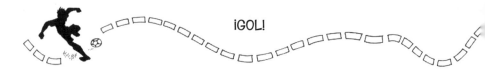
tele una película antigua, ambientada en Nueva York, en la que dos chicos se besaban sobre un fondo de rascacielos idéntico a este. ¿Tú también la viste, Tomi?

—No, no la vio —interviene Eva, alerta.

El capitán sigue observando los edificios iluminados fingiendo no haber oído nada, mientras Sara y Lara ríen con disimulo.

Al llegar al hotel, Adam se despide de todos y queda con ellos para el día siguiente:

—Roger y yo nos vamos corriendo a casa, nuestra madre no se acostará hasta que nos haya visto... Mañana os presentaré a mis padres. Preparaos, porque mi padre es como un huracán. Que durmáis bien; espero que no tengáis problemas con el cambio horario. Volveré a última hora de la mañana y nos lanzaremos juntos a descubrir Nueva York. Ya me diréis por dónde queréis empezar. Buenas noches a todos...

Adam tenía razón cuando advertía a sus amigos de los posibles efectos del desfase de horas...

A las seis de la madrugada, Nico pregunta en voz baja:

—¿Estás despierto, Tomi?

—Nunca lo he estado tanto en mi vida —contesta el capitán con ojos como platos.

Por el contrario, Fidu ronca como un oso.

—El cambio horario no le afecta: ese pedazo de animal

dormiría en medio de una batalla —comenta el número 10, antes de encender su linterna de lectura e iluminar las páginas de su guía turística.

Fruto de la lectura es el plan preciso que expone durante el desayuno.

—Nueva York es una metrópoli enorme, de ocho millones y medio de habitantes, más del doble que Madrid. Su núcleo, lo que los estadounidenses llaman «New York City», es la isla donde estamos, Manhattan, un nombre que proviene de una antigua palabra india. Propongo que empecemos la conquista de Nueva York por el sur e ir subiendo los próximos días hasta Central Park. Podríamos comenzar por la Estatua de la Libertad, uno de los símbolos de Estados Unidos, lo primero que veían los viajantes de antaño cuando llegaban en barco a la ciudad.

—De un chico tan espabilado como tú no me esperaba esto, Nico —tercia Chus—. Si hasta estudiamos juntos a César y Cleopatra en la biblioteca... La Estatua de la Libertad es para turistas...

—Pero es que somos turistas —rebate Sara, lanzándole una mirada furibunda.

—¿Y luego qué haremos? —insiste la Emperatriz—, ¿comprar esas bolas de recuerdo que llevan nieve dentro? Venga, chicos, ¡en Nueva York hay millones de cosas nuevas que descubrir cada día! ¿Por qué no vamos al Soho, que

está aquí al lado, para ver bonitos cuadros? Es un barrio lleno de artistas y galerías de arte. Hasta el Museo de los Bomberos es increíble y nos dejarían bajar por la típica barra. O podríamos ir a Chelsea, donde hay una fantástica librería para niños... ¡Me niego a ver la Estatua de la Libertad!

—Pues a mí la Estatua me interesa un montón —protesta Elvira—. La he visto mil veces por la tele y me gustaría fotografiarla. Bomberos puedo ver en Madrid.

—Además, estamos acostumbrados a seguir los consejos de Nico, si no te parece mal —observa Rafa con aire de superioridad.

—¿O sea que no puedo dar mi opinión? —rebate Chus.

—Sí que puedes, pero has sido la última en llegar y, aunque hayas marcado algún gol, con nosotros no puedes ir de emperatriz —explica el italiano—. No somos los poetas callejeros...

—¡Acabáramos, ya sé por qué estás tan enfadado! —exclama Chus dirigiéndole una mirada glacial—. ¡Porque he hecho muchos más goles que tú en la ida! ¡Pobre Niño!

Tomi interviene en ese preciso instante:

—No creo que debamos pelearnos el primer día de vacaciones. Hagamos como siempre: votemos la propuesta de Nico. Si no nos gusta, estudiaremos las demás.

Excepto la Emperatriz, todos los Cebolletas levantan la mano para aprobar el plan del número 10.

—Decidido: iremos a la Estatua de la Libertad —zanja el capitán, que baja la vista cuando su mirada se cruza con la de Chus.

Rafa escucha el veredicto con una sonrisa triunfal. La misma que aparece en la cara de Eva.

Poco después llegan Adam y Roger con sus padres.

El parecido entre el propietario del KombActivo y su padre es impresionante: idéntico físico compacto, idéntica mandíbula cuadrada, idéntica sonrisa de anuncio de dentífrico, idéntica cabellera espesa, rubia la del hijo, un poco más clara la del padre. Aparte de este detalle y de algunas arrugas de diferencia, parecen gemelos. Hasta en el carácter, alegre y exuberante.

El padre de Adam da un fuerte abrazo a Gaston Champignon, se presenta a otros miembros de la comitiva de los Cebolletas y luego pregunta de sopetón:

—¿Quién es Elena?

La checa da un paso adelante con algo de timidez.

EL PADRE DE ADAM

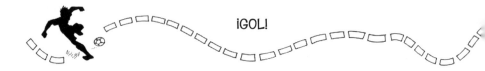
—Yo...

El padre de Adam la observa un segundo y luego confiesa:

—Ahora comprendo por qué mi hijo no para de hablarme de ti... ¡Una vez me dijo que ni en Hollywood hay estrellas tan guapas como tú!

—¡Papá! —exclama cohibido el propietario del Komb-Activo.

—¿No es verdad? —pregunta el padre.

—Es verdad, pero no hace falta que le cuentes a todo el mundo lo que te digo... —precisa Adam.

Todos ríen, incluida Elena, que lanza una dulce mirada a Adam.

—Ya os lo había dicho: es como un huracán... —concluye el rubiales.

Tras despedirse de sus padres, Adam y Roger se unen al grupo de los Cebolletas, que se lanza al descubrimiento de Nueva York. Enseguida llegan al puerto de la parte sur de Manhattan, donde embarcan en el ferry que lleva a la Estatua de la Libertad, a unos quince minutos de navegación.

—Chus puede decir lo que quiera, pero a mí me emociona ver acercarse esta estatua tan famosa —confiesa Fidu.

—Pues imagínate cómo debían emocionarse los que llegaban en barco y la veían aparecer de golpe —observa Champignon—. Era el primer trozo de Estados Unidos que

44

descubrían. Solían ser familias pobres, que llegaban de Europa en busca de trabajo y de una vida mejor. Para ellos esta era la tierra de la esperanza y de la libertad. La antorcha que la estatua sujeta en la mano representa justamente el fuego de la libertad.

—El hermano de mi bisabuelo también vino a Estados Unidos en busca de fortuna —interviene Elena—. Mi madre me contó un montón de veces su historia. Decía que era muy guapo, alto y fuerte. Era agricultor, pero quería convertirse en boxeador. Así que un día embarcó rumbo a Nueva York, y desde entonces nadie volvió a tener noticias de él. Quién sabe, igual ni siquiera llegó aquí...

—Muchos llegaban, pero tenían que regresar enseguida, porque las autoridades los expulsaban —explica Adam.

—¿Por qué? —pregunta João.

—Porque no tenían los papeles en regla o tenían enfermedades contagiosas —cuenta Adam—. ¿Veis esa islita? Desembarcaremos ahí antes de llegar a la Estatua de la Libertad. Se llama Ellis Island. En esos edificios se realizaban los exámenes médicos y se comprobaban los documentos de los aspirantes a entrar en el país. Se llamaba «la isla de las Lágrimas» porque muchos de los que llegaban tenían que regresar con sus sueños a cuestas después de haber visto la Estatua de la Libertad y haberse ilusionado con desembarcar en la tierra de la fortuna.

45

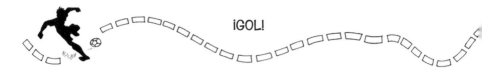
—Según la guía pasaron por Ellis Island doce millones de emigrantes —informa Nico.

—Pensad en ese dato cuando visitéis la islita —propone Gaston—. Por las salas por las que pasaréis circularon doce millones de personas con el corazón en la garganta, porque un «sí, puede entrar» o un «no, tiene que regresar» eran decisivos en su vida.

El ferry deja a los pasajeros en Ellis Island. El grupo de Vacaciones Organizadas Cebolletas visita los edificios del Servicio de Inmigración, convertidos en museo. Fotos, películas y objetos de época documentan un pedazo de la historia, no solo de este país. En una de las paredes se pueden leer los nombres de las personas que pasaron por estas dependencias.

Adam llama a Elena y le enseña un ordenador.

—La Fundación Ellis Island ha hecho muchas investigaciones los últimos años y estudiando los documentos que se conservan ha reconstruido los viajes y desembarcos de los dos últimos siglos —explica el rubiales—. ¿Cómo se llamaba tu pariente?

—Stefan. Stefan Dusek —responde la diosa de las tisanas.

Adam escribe el nombre y el apellido en la ventana de búsqueda y pulsa la tecla «Buscar».

4
¡GUANTES...
FUERA!

La pantalla del ordenador se llena de columnas de datos. En la primera aparecen los nombres de las personas, en la segunda los apellidos, en la tercera la procedencia, en la cuarta el año de llegada a Nueva York y en la quinta el nombre del barco en el cual llegaron. Todos los apellidos son iguales: Dusek, pero solo hay tres Stefan y únicamente uno proveniente de Praga.

—Podría ser él... —comenta Elena—. Llegó en el *Aquitania* en 1921. Según lo que contaba mi abuelo, Stefan se fue de Europa por esa época.

Adam toca con un dedo el nombre Stefan Dusek y en la pantalla aparece la copia de un viejo formulario de inmigración rellenado a mano el 13 de junio de 1921.

La checa lo lee con atención y exclama:

—¡Es él! Mira la fecha de nacimiento: 25 de diciembre... ¡Mi abuelo me contó que su tío boxeador había nacido el día de Navidad! Además está su firma. Y esta es su letra... No me lo puedo creer...

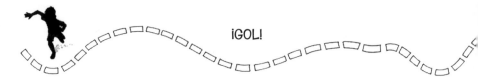
Elena, emocionada, pasa una mano sobre la firma de Stefan Dusek, como si quisiera acariciarla.

—Tu abuelo se alegrará de saber que su tío Stefan pudo entrar en Estados Unidos —comenta Adam—. Aunque no tuvieran más noticias de él, ahora tu familia tiene un motivo para creer que tuvo una vida feliz en este país.

—Sí, me muero de ganas de contarlo —confiesa la hermosa checa—. Me has hecho un regalo muy importante, Adam, ¡gracias! —concluye, saltando al cuello del musculoso americano.

Champignon llama a los Cebolletas, porque el ferry no tardará en zarpar.

—¿Habéis visto la cantidad de nombres italianos que había entre los que pasaron por Ellis Island? —pregunta el cocinero-entrenador una vez a bordo.

—¡Yo también he encontrado a gente de mi familia! —exclama Rafa—. Estoy seguro de que tengo antepasados en Estados Unidos.

—¡Y nosotras! —anuncian las gemelas.

—No olvidéis lo que habéis visto hoy, chicos —insiste Gaston— y si en Madrid oís a alguien lamentarse de que llegan demasiados extranjeros a España, recordádselo: no hace mucho que los españoles, los italianos, los franceses y

hasta los alemanes emigraban en busca de trabajo. Procuremos ayudar a los que lo necesitan, como un día los demás ayudaron a nuestros abuelos.

—Tiene razón, míster —aprueba Becan—. No es raro que me insulten por la calle o me miren mal porque creen que he entrado en España ilegalmente. Los emigrantes españoles que llegaron a América lo hicieron apelotonados como sardinas en viejos barcos, así que ¿cuál es la diferencia?

El ferry descarga a los turistas al pie de la imponente Estatua de la Libertad.

—Caramba, ¡qué alta es! —comenta Dani—, es un espárrago como yo, pero en edificio.

—Exactamente noventa y tres metros —puntualiza rápidamente Nico—. Y trescientos cincuenta y cuatro escalones para llegar hasta la corona, donde hay una terraza desde la que la vista de Manhattan es espectacular. La corona tiene siete puntas, como el número de continentes. La mujer que empuña la antorcha con el fuego de la libertad lleva unas cadenas rotas en los pies y en el brazo un libro sobre el que está esculpida la fecha de la independencia de Estados Unidos. ¡Vamos arriba, chicos!

—¿Lo he oído bien, trescientos cincuenta y cuatro escalones? —salta Chus—. Os espero aquí...

—¿Quieres perderte el espectáculo que se ve desde arriba? —la pincha João.

—¿No sabes que es una emperatriz y está acostumbrada a que la lleven en palanquín? —interviene Rafa, burlón—. No puede cansarse como nosotros, comunes mortales...

—Tienes razón, Niño. Una verdadera emperatriz no suda —confirma Chus—. Ya verás como aquí también conseguiré un palanquín...

—¿Crees que esos dos se van a pasar todas las vacaciones peleándose? —pregunta Nico al capitán.

—Eso espero —responde Tomi—: mientras Chus discute con él no lo hará con Eva y yo podré estar tranquilo...

El número 10 guía al grupo al interior de la Estatua de la Libertad, donde se conserva la vieja antorcha, que en 1986, con ocasión del centenario de la estatua, fue sustituida por una de oro. Luego los Cebolletas se disponen a subir los trescientos cincuenta y cuatro escalones.

Adam, que cierra la expedición, ve a Chus sentada aparte con un tobillo entre las manos y una mueca de dolor.

—¡Ay, me he torcido el tobillo —miente la Emperatriz—. Qué pena perderme un espectáculo tan maravilloso... No vengo a Nueva York todos los días. ¡Qué mala pata!

El italiano resopla y se esfuerza por no parecer enfadado, para no darle una satisfacción a Chus, al tiempo que susurra:

—¡Al final esa bruja ha conseguido un palanquín!

—¡Si mordiera a una serpiente, la envenenaría! —asegura Becan.

El tremendo esfuerzo que impone la interminable escalera de caracol se ve recompensado con creces por el espectacular panorama, que se ve realzado por un día resplandeciente.

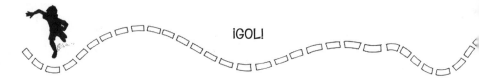
Nico muestra la tira de tierra que forma la isla de Manhattan, encajonada entre el río Hudson y un brazo de mar llamado East River.

—Esa mancha verde, al norte, es el famoso Central Park —informa el número 10.

—Mirad cuántos rascacielos —señala el Gato, indicando los edificios de cristal y cemento que se amontonan en un extremo de Manhattan como jugadores de baloncesto bajo la canasta.

—Una maravilla, pero bajemos ya —implora Issa—. Aquí arriba debemos de estar a diez grados bajo cero...

—Estoy de acuerdo —aprueba João—. Si nos quedamos diez minutos más me podrán vender en un puesto de pescado congelado.

—Vale, pero primero préstame tus guantes —rebate Tomi.

—¿No tienes bastante con los tuyos? —rebate el brasileño.

—Los míos son de esquiar, no me van bien —insiste el capitán—, prefiero los tuyos, que son de lana.

—¿Para qué no te van bien? —inquiere João.

Fidu se los arranca prácticamente de las manos:

—Cuando el capitán ordena algo, hay que obedecer inmediatamente.

Tomi sonríe e introduce un guante dentro del otro, formando así una pequeña pelota de lana. Luego se explica:

—Resiste unos segundos, João. Nos hace falta un recuerdo. Así, cada vez que veamos en la tele la Estatua de la

Libertad, podremos decir: «¿Os acordáis de cuando peloteamos con los guantes de João?».

En cuanto acaba la frase, el capitán lanza la bola de lana a Aquiles, que la detiene con el pecho y la pasa con el interior hacia Becan, que la levanta con el muslo y la envía con el empeine a Tomi.

—¡Cinco! —exclama el capitán, antes de ceder a João—. ¡Intentemos llegar a diez!

El brasileño pasa de tacón a Sara, que pelotea y luego envía a Fidu, al tiempo que grita:

—¡Diez!

El pase no ha sido preciso, pero el portero no quiere poner en peligro el récord y se lanza derrapando para alcanzar los guantes antes de que toquen el suelo. Pero les da demasiado fuerte y la pelota de lana supera el parapeto, mientras João aúlla:

—Nooo...

—Bueno, de esto seguro que nos acordaremos —afirma Dani—. Siempre que veamos por la tele la Estatua de la Libertad pensaremos en el vuelo de los guantes de João.

Los Cebolletas estallan en carcajadas y se dirigen hacia los escalones.

—Me gustaría estar tomando el sol en las playas de las Bahamas... —suspira João, con las manos metidas hasta el fondo en los bolsillos.

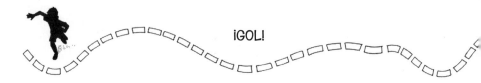

Eva detiene a Tomi:

—Se me ha ocurrido algo mucho mejor para que nos acordemos de este lugar...

El capitán sonríe y da un beso a su bailarina favorita.

—Tengo una idea —propone Adam—. Os llevo a comer la mejor pizza de Nueva York, la de mi amigo Vito, en un local absolutamente espectacular, bajo el puente de Brooklyn. Está a un paso de aquí.

Tras la propuesta del estadounidense, Nico se apresura a dar más información:

—El puente de Brooklyn fue el primero que se construyó con acero, al final del siglo XIX, y durante años fue el puente suspendido más largo del mundo.

—Pues vayamos enseguida —concluye Gaston—, así nuestra jornada será completa. Hemos visto cómo llegaron los emigrantes a Nueva York y ahora veremos cómo viven los italianos, que fueron uno de los grupos más numerosos. Si no me equivoco, Brooklyn es un barrio donde siempre han vivido muchos emigrantes.

—Efectivamente —asiente Adam—. Los habitantes del sur de Italia que llegaban aquí llamaban al barrio «Broccolino», o «pequeño brócoli». Tiene más de dos millones de habitantes, y entre ellos los de origen italiano siempre han

sido los más numerosos. Brooklyn está unida a Manhattan mediante este puente: ¡vamos allá!

De camino, el propietario del KombActivo les cuenta que Vito es su mejor amigo: fue su compañero de habitación en la facultad y en el equipo de fútbol americano, deporte al que le habría gustado dedicarse profesionalmente, pero una grave lesión abortó su carrera. Así que, tras renunciar a su sueño, empezó a ocuparse de las pizzerías de su padre, que también ha abierto un par de locales en Manhattan.

—Pese a instalarme en España, he mantenido el contacto con Vito, que sigue siendo mi gran amigo —explica Adam—. Y siempre que vuelvo nos vemos. Crecí en Brooklyn, así que aquí me siento como en casa. Mi hermano Roger también jugaba en un equipo del barrio y ha conservado los amigos de esa época, como yo.

El nombre de Vito figura en grande en el rótulo de la pizzería, que tiene unos toldos con bandas rojas, blancas y verdes.

No hay una sola tienda en toda la calle que no tenga un nombre italiano o un objeto tricolor.

—Qué divertido —comenta Aquiles, mirando a su alrededor—. Parece una Italia en miniatura.

—En Manhattan hay un barrio que se llama precisamente así: «Little Italy» —recuerda Nico—, y obviamente está lleno de personas de origen italiano.

55

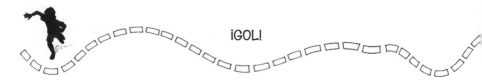

El abrazo entre Adam y Vito, un chico alto, de pelo crespo y nariz torcida como una coma, ilustra su amistad mejor que mil palabras.

La familia de Vito acoge con calidez y entusiasmo a los amigos de este llegados de España. Para esta gente, la hospitalidad es una especialidad de la casa, más aún que la pizza margarita.

Vito arranca a Adam la promesa de que regresará a cenar antes de volver a España: una cena verdadera y no una simple pizza, y que irá con toda la comitiva.

Fidu recoge el guante en lugar de Adam:

—Volveremos: si esta pizza es la tarjeta de presentación, espero una cena de rechupete...

En un extremo de la mesa, cubierta por un mantel de cuadros rojiblancos, se sientan Pedro y Roger quienes, a juzgar por sus risitas, están tramando algo.

El coletas comenta al hermano de Adam:

—Supongo que tus antiguos compañeros del equipo de fútbol americano están acostumbrados a jugar duro.

—Supones bien —confirma Roger.

—Ya que te has mantenido en contacto con ellos, ¿por qué no organizamos un partido amistoso contra los Cebolletas? —sugiere Pedro—. A los Cebolluchos les encantan...

—Pero juegan a fútbol peor que yo —indica Roger.

56

—No hace falta que ganen, con que les arreen me conformo.

—Mensaje recibido. Organizaré un partidito —promete el estadounidense—. A mis amigos les va a encantar.

Los dos Zetas intercambian una mirada de Escualos.

Después de la comida, el grupo da unas vueltas por las calles de Brooklyn y cuando el frío se hace insoportable, vuelven en microbús al hotel.

Adam se despide del grupo con una cita enigmática:

—Ha sido una jornada intensa. Supongo que ahora querréis descansar un poco. Después de la cena pasaré a buscar a los jóvenes. Tengo una sorpresa para vosotros.

—¿Qué sorpresa? —pregunta Nico de inmediato.

VITO

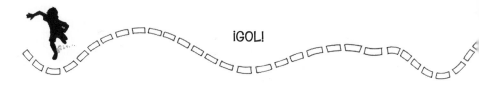

—Solo os puedo dar una pista: uno de vosotros será más feliz que los demás —responde Adam—. Ah, me olvidaba... Al decir «jóvenes» también me refería a Elena.

La diosa de las tisanas sonríe.

Después de la cena, Adam vuelve al hotel de los Cebolletas y da varias indicaciones a Augusto, que conduce el microbús.

Tras unos minutos de recorrido, Dani, que tiene la nariz pegada a la ventanilla, exclama:

—¡Pero si es el Madison Square Garden! ¡El templo del baloncesto y de la NBA! Chicos, tengo la impresión de que el más feliz voy a ser yo...

Como ya sabes, Dani viene de una familia de jugadores de baloncesto, un deporte que adora y que ha practicado durante mucho tiempo.

Pero Fidu lo corrige: su cara está partida en dos por una inmensa sonrisa:

—Lo siento, pero el más feliz seré yo...

De la fachada lateral del Madison Square Garden cuelga una enorme pancarta, en la que se anuncia una gran noche de lucha libre con la foto de John Cena, el luchador que lleva al cuello una cadena y un candado, el ídolo del portero de los Cebolletas.

5
¡UN VAMPIRO
EN EL RING!

El Madison Square Garden es un auténtico templo del deporte. Allí juegan los New York Knicks, el equipo de baloncesto de la ciudad, y los New York Rangers, de hockey sobre hielo. En su cancha se han disputado luchas que han hecho grande la historia del boxeo, como los duelos de Cassius Clay, el mejor púgil de la historia.

Nico, que además de la historia de los romanos también conoce la del deporte, entra en el recinto embargado por la emoción, como le suele ocurrir cuando se adentra en un museo.

Pero por una vez Fidu está todavía más emocionado que él. Mientras avanza detrás de Adam, que busca las butacas que les corresponden, escruta con satisfacción las tribunas a reventar, con veinte mil espectadores que aúllan y el cuadrilátero iluminado en el centro.

—Una auténtica velada de lucha libre en el Madison Square Garden de Nueva York... —repite sin cesar el portero, como si quisiera convencerse de que no es un sueño.

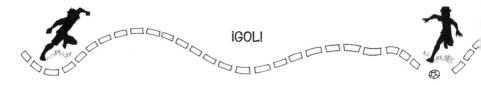

Naturalmente, lleva al cuello su inseparable cadena de plástico, símbolo de su luchador favorito: el célebre John Cena.

Una sorpresa detrás de otra: las butacas que han comprado son las más cercanas al ring.

—¡Fantástico! —salta el portero—. ¡Desde aquí les vamos a ver hasta los granos de la cara!

—Con un poco de suerte, si sale volando un luchador igual nos cae en los brazos —observa Aquiles, el exmatón, que adora la lucha libre tanto como Fidu.

—¡Qué bien, estarán sudados de la cabeza a los pies! —comenta Chus con una mueca de asco.

—Ah, claro —se apresura a pincharla Rafa—, como la Emperatriz es sagrada, nadie puede tan siquiera rozarla...

Eva y las gemelas se miran y ríen divertidas.

Las luces del Madison se apagan y un estruendo ensordecedor da la bienvenida al presentador de la velada, que sube al cuadrilátero. Luego empiezan los combates entre luchadores enmascarados. La lucha libre es una especie de carnaval en el que varios personajes se desafían intercambiando golpes más fingidos que reales, un espectáculo más teatral que violento que los espectadores siguen con pasión, apoyando a uno u otro luchador y agitando banderolas y carteles con las fotos de sus héroes.

Todo el público vocifera el nombre de los luchadores: el Madison se convierte en un hervidero de entusiasmo.

Como los Cebolletas no quieren ser menos, se integran en el ruidoso carnaval. Cada uno escoge a un protagonista al que apoyar.

Cuando sube al ring un luchador con una máscara de calavera, Becan se pone en pie y aúlla:

—¡Pero si es Socorro!

—¡Es él! —confirma João—. ¡Vamos, Socorro, túmbalo ya!

Los Cebolletas se dejan oír con ganas y cuando «El Calavera» obliga a su adversario, que lleva una capa atigrada, a rendirse, lo celebran como si hubieran marcado un gol a los Escualos...

En un momento determinado, los focos que iluminan el cuadrilátero se apagan de golpe y el Madison Square Garden se queda sumido en la oscuridad más absoluta. La gente reacciona gritando aún más y más fuerte.

Un haz de luz ilumina de repente a un hombre enorme, con una larga cabellera y una barba negra, que avanza hacia el ring con paso decidido. El entusiasmo del público se dispara todavía más.

Fidu, que no cabe en sí de gozo, lo reconoce a la primera:

—¡El Vampiro!

61

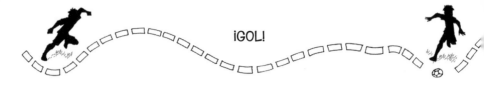
—¿Dónde? ¡Socorro! —pregunta Eva alarmada, que aprecia mucho más los ballets de danza clásica.

—¡Es él, uno de los luchadores más famosos de la historia de la lucha libre! —explica el portero.

El Vampiro, que viste una capa negra sobre una camiseta negra, pantalones y botas negras, está a punto de subir a la lona cuando ve algo que lo enfurece: la cadena que Fidu lleva al cuello...

El luchador se acerca al portero de los Cebolletas y aúlla:

—¿Por qué llevas una cadena al cuello, chaval? ¿Tienes miedo de que te roben la cabeza?

—No —responde Fidu—. La llevo porque soy un gran fan de John Cena, que pronto te quitará la tuya...

Adam traduce rápidamente la pregunta y la respuesta, para que los dos puedan dialogar como si hablaran la misma lengua. Todo el Madison asiste incrédulo al rifirrafe entre el Vampiro y Fidu, porque los micrófonos amplifican sus palabras y en una gran pantalla aparecen primeros planos de ambos.

En cuanto Fidu responde, los veinte mil espectadores estallan en risas. El hombre de negro se pone todavía más furioso y muestra con una mueca sus caninos que, casualmente, parecen especialmente afilados:

—¿Cómo te atreves, insecto? Dame enseguida esa cadena...

—Ven a por ella si la quieres... —lo desafía Fidu, que se levanta y adopta una pose de combate.

El Madison ruge entusiasmado por las valientes réplicas del joven espectador.

—¡A por él, Fidu! —aúlla Aquiles.

El Vampiro da un paso hacia el portero, pero John Cena, que ha salido de la nada, provocando el delirio del público, lo sujeta por la espalda. El luchador, con la cadena al cuello, una camisa a cuadros y vaqueros hasta la rodilla, levanta en vilo al rival y lo envía al cuadrilátero, premiado por los aplausos de los espectadores.

Antes de ir a por él y emprender el combate, se vuelve hacia Fidu:

—Tienes agallas, chico. Has defendido bien tu cadena, felicidades. ¿De dónde eres?

—De España.

—Me encanta España, he estado un montón de veces. Siéntate y disfruta del espectáculo: voy a arrancarle la cabeza al Vampiro...

El luchador enseña su manaza abierta y Fidu choca los cinco con su héroe favorito.

Ni cuando tenga noventa años habrá olvidado el portero las emociones vividas en el Madison Square Garden.

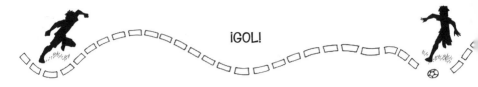

Greenwich Village, donde viven los padres de Adam y se alojan los Cebolletas, fue un barrio donde pululaban los artistas, poetas, escritores y tipos estrafalarios.

Como dice Violette, mujer de Augusto y famosa inventora de la «pintura a la verdura», «Adam no podía haber escogido el hotel en mejor zona. Me siento como en casa». Más que una metrópoli americana, con sus rascacielos y grandes calles atestadas de tráfico, el Village recuerda a los elegantes barrios de algunas ciudades europeas, con casas bajas y callejuelas enmarañadas. Los neoyorquinos suelen acudir a esta zona por sus numerosos restaurantes y locales de moda.

Esta mañana, por ejemplo, Sofía, Daniela, Lucía y Elena han encontrado un lugar delicioso para desayunar: Magnolia Bakery, en la calle Bleecker. No lo han elegido al azar, es el local donde se citan para charlar las protagonistas de una de sus series televisivas favoritas.

—¿Os dais cuenta, amigas? ¡Estamos en Magnolia Bakery, en Nueva York! —exclama Daniela.

—Tengo la impresión de estar viviendo dentro de una película... —comenta Sofía.

—¿Por qué, qué tiene este sitio de especial? —pregunta Elena, la única de las cuatro que no conoce la pastelería.

—¡Es un lugar fabuloso! —explica Lucía.

—Aquí se encuentran las protagonistas de nuestra serie

favorita de televisión y, entre un cupcake y otro, cotillean sobre todo lo divino y lo humano —precisa Daniela.

—Exactamente lo mismo que hacéis vosotras en el Paraíso de Gaston... —reflexiona Elena.

—Sí, pero no tiene punto de comparación hacerlo en el paseo de la Florida o en Nueva York —rebate Sofía, mientras engulle un cupcake.

Las amigas sonríen divertidas.

—Venga, empecemos enseguida —propone Lucía—. Elena, ¡cuéntanos vuestra velada de ayer!

—¿Qué os tengo que contar?

—Lo que hicisteis, por ejemplo —sugiere Daniela—. Apuesto a que Adam no te invitó solo para que vieras a aquellos animales liarse a guantazos.

—Fue una velada divertida y emocionante —admite la checa.

—Vale, venga, ¡cuéntanoslo todo! —exclama la mujer de Gaston con una sonrisa.

—Nunca hubiera imaginado que una velada de lucha libre pudiera ser tan interesante. Fidu fue el protagonista absoluto —empieza Elena.

—¿Y luego? —insiste Lucía.

—Luego Adam nos acompañó al hotel y se fue a dormir —concluye la diosa de las tisanas—. Todo normal.

—No, lo siento, querida, pero aquí no hay nada normal

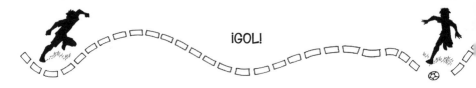
—reacciona Sofía—. Adam se muere por tus huesos, no puede haberte invitado a esta ciudad solo para que vieras un combate de lucha libre. Cuando el lobo atrae la presa a su guarida, es para lanzarse sobre ella...

—Pobre lobo, solo era la primera velada. A lo mejor ataca a la segunda... —ríe Elena con una sonrisa maliciosa.

—¡Te ha invitado a cenar esta noche! Vosotros dos solos, ¡confiésalo! —aventura la madre de Tomi.

—Creo que el restaurante se llama The View, o algo parecido —revela la hermosa checa—. Está en el piso cuarenta y ocho de un rascacielos, en una plataforma giratoria que ofrece una visión completa de la ciudad. ¡Tendré todas las luces de Nueva York a mis pies!

—Y no solo las luces... —comenta Lucía.

—Por fin, el lobo se lanza al ataque —añade Sofía.

—Chicas, mañana todas aquí a la misma hora, para que Elena nos cuente cómo ha ido la velada —concluye Daniela—. Ahora sí que me siento como en una película...

Las cuatro amigas ríen alegres y terminan el desayuno animadísimas, antes de volver al hotel y unirse al grupo para ir de excursión al centro de Manhattan.

Rascacielos que se persiguen entre las nubes, taxis amarillos y amplias calles llenas de coches que avanzan en fila, aceras atestadas de peatones que caminan más rápidamente que los madrileños, el vapor que sale de las

alcantarillas, en las esquinas pequeños tenderetes que venden perritos calientes: ¡la verdadera cara de Nueva York!

Los Cebolletas, protegidos por bufandas y sombreros contra el frío gélido, remontan Manhattan hacia el norte, inmersos en la fascinante confusión de la Quinta Avenida. Miran a todas partes, embelesados, y cada uno va señalando lo que le llama la atención.

—Entre estos edificios tan descomunales se siente uno enano... —observa João.

—Eres un enano —puntualiza Becan con una risotada.

—¿Por qué sale vapor de todas las alcantarillas? —pregunta el Gato—. Creía que solo pasaba en las películas, pero veo que sucede de verdad.

—¿Qué te juegas a que el lumbrera ya tiene la respuesta lista? —aventura Fidu.

—Efectivamente —comenta el aludido—. El misterio es muy sencillo: Nueva York es una ciudad con una red común de calefacción. Por debajo de tierra corre una espesa red de tuberías por la que circula vapor, que es utilizado para calentar los edificios, los centros comerciales y las viviendas. El agua que cae desde la calle y el frío, al entrar en contacto con las tuberías calientes, generan condensación y hacen salir este vapor blanco de las alcantarillas. Ni más ni menos.

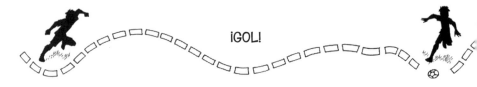

—Ahora entiendo por qué tosen las alcantarillas de Nueva York —observa Armando—. Fuman demasiado...

—Papá, esta te la podías haber ahorrado —comenta Tomi, abochornado.

En el cruce entre la Quinta Avenida y la Treinta y cuatro, los Cebolletas llegan a la primera meta de la semana: el majestuoso Empire State Building, el abuelo de todos los rascacielos de la ciudad.

—Chicos, este edificio merece el respeto que se debe a un gran campeón que ha hecho historia —explica Adam—. Durante treinta años, con sus cuatrocientos cuarenta y tres metros, fue el rascacielos más alto del mundo, que además fue construido en un tiempo récord: se tardaron cuatrocientos diez días en colocar uno sobre otro los diez millones de ladrillos utilizados. Pese a que hoy ya lo han superado muchos rascacielos más jóvenes, el viejo Empire sigue siendo un símbolo de Nueva York y no ha perdido un ápice de su capacidad de fascinación, como demuestran los tres millones de visitantes que acuden cada año. En homenaje a su glorioso pasado, deberíamos subir a la planta ciento doce, ¿os apetece?

—Si el ascensor no está estropeado —precisa Armando.

El más contento de todos es el danés Morten: ayer la Estatua de la Libertad, hoy el Empire State Building. Dos días en contacto con sus amigas las nubes...

La vista desde ahí arriba es maravillosa.

—¿Sabéis cuál era la función prevista inicialmente del largo mástil del edificio? —pregunta Adam.

—Anclar los zepelines —contesta Nico.

—Claro, y a Mary Poppins y Peter Pan... —se burla Fidu—. Lumbrera, esta vez te has pasado de la raya.

—No, tiene razón. Era justamente esa: debía servir de punto de amarre —confirma Adam—, pero el zepelín más grande jamás construido se incendió, muchas personas perdieron la vida y ese medio de transporte quedó descartado.

—¿Lo has oído? —apostilla Nico con una sonrisa triunfal.

—Cuando volvamos a la habitación haré que acabes como el Vampiro... —resopla el guardameta.

Durante la bajada en ascensor, Pedro suelta la idea del partido amistoso:

—Cebolluchos, los amigos de Brooklyn de Roger quieren retarnos a un partido de fútbol. ¿Qué os parece, aceptamos?

—Me parece una idea fabulosa —aprueba Rafa—. Tenemos que entrenar un poco. El campeonato se reiniciará pronto.

—¿En qué campo? —pregunta Sara.

—En Central Park —contesta el hermano de Adam.

—Teníamos programada una visita para mañana. Po-

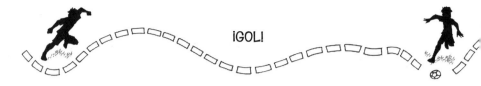

dríamos dar una vuelta y aprovechar para jugar el partido
—propone Nico.

—Vale, trato hecho —concluye Roger—. Esta tarde aviso
a mis amigos.

Los Cebolletas no ven la sonrisa de complicidad que han
intercambiado Roger y Pedro: la primera parte de su plan
ha salido bien.

A primera hora de la tarde, el grupo de los Cebolletas pro-
sigue su camino hacia el norte y llega al Rockefeller Center, dominado por un gigantesco árbol de Navidad, iluminado de arriba abajo, y por una estatua dorada de Prometeo,
el héroe que robó el fuego a los dioses para regalárselo a
los hombres.

—Cada año se organiza una gran fiesta para encender
las luces del árbol del Rockefeller Center —cuenta Adam—.
Este es el árbol de todo el país. Normalmente es un pino
noruego y la norma es que no tenga menos de sesenta y
cinco metros. ¡Hemos tenido algunos de noventa! La gente
viene a fotografiarlo y a patinar sobre la pista de hielo que
se monta a sus pies.

—¿Patinamos un poco? —propone Chus.

—¿Ya no te duele el tobillo, Emperatriz? —le suelta Rafa
con una mirada burlona.

—Ya se me ha pasado. Cállate y andando. Todos a patinar, Cebolletas, ¡se me ha ocurrido una idea! —exclama Chus cogiendo de la mano al Niño y arrastrándolo hacia la pista.

—¡Yo me apunto! —anuncia Morten, que se lanza a la persecución de los dos amigos y es imitado por los demás compañeros de equipo.

—¡Vamos nosotros también! —exclama Eva, tirando de Tomi.

El capitán trata de oponer un poco de resistencia:

—Ya sabes que no sé y no me gusta...

—Entonces, ¿por qué patinaste con la Emperatriz en Copenhague llevándola de la mano? Parecía que te divertías mucho... ¿Recuerdas la foto de Elvira? —pregunta la bailarina con una sonrisa amenazadora—. ¡Así que ahora te vienes a patinar conmigo!

Como es natural, Tomi no rechista.

71

6
LO QUE TENGA QUE SER, SERÁ

Tomi, que es un patoso con los patines, avanza sobre el hielo llevado de la mano por Eva. Parece un niño pequeño que aprende a caminar.

Los demás Cebolletas ya están en el centro de la pista, donde Chus ha sacado del bolsillo de su chaqueta un globo rosa, lo ha hinchado, lo ha atado con un nudo y ahora explica el juego a sus compañeros:

—Partidos por parejas. Yo voy con Rafa. Hay que mantener el globo en el aire y evitar que caiga sobre el hielo. Un punto para cada pareja que lo toque. Los que lleguen a cinco ganan. ¿Listos? ¡Ya!

La Emperatriz lanza al aire el globo de un manotazo y anuncia:

—¡Un punto para nosotros!

Sara coge de la mano a Dani y lo arrastra hacia su presa mientras grita:

—¡Vuela, Espárrago, eres el más alto de todos, no podemos perder!

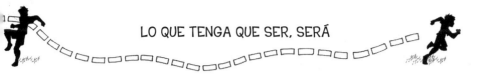

Todos los Cebolletas, divididos en parejas, se lanzan en pos del globo rosa, se persiguen driblando a los patinadores neoyorquinos, se adelantan, chocan entre ellos, se divierten de lo lindo...

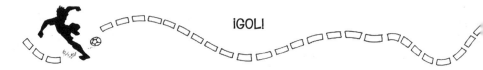

Rafa y Chus, los más hábiles haciendo piruetas y los mejor sincronizados, tocan el globo por tercera vez, mientras que ninguna de las otras parejas ha logrado pasar de una. Parece que el italiano se ha quedado sin motivos para burlarse de la Emperatriz...

—¿Te vas a mover o qué? ¡Parece que esté arrastrando una bola de presidiario! —se lamenta Eva—. Hay que evitar que gane esa bruja como sea.

—Hago lo que puedo... —se justifica Tomi, que en lugar de deslizarse sobre los patines va apoyando un pie tras otro.

La bailarina trata de hacer que avance de un tirón, pero el capitán pierde el equilibrio y acaba otra vez tirado cabeza abajo sobre el hielo, como la piel de un león delante de una chimenea.

—¡Cuatro! —exclama en ese momento Chus—. ¡Un toque más y habremos ganado!

Pero el juego acaba antes porque João, que hace pareja con Becan, se abalanza sobre el globo, que estaba a punto de tocar el hielo, y al tratar de levantarlo con el tacón lo revienta con la cuchilla del patín.

No hay nada que hacer. Ya sea en la arena o sobre el hielo, un verdadero futbolista brasileño no puede resistirse a la tentación de dar un taconazo...

74

¡Esta noche, todos al teatro!

A Fidu, que sigue emocionado tras la aventura en el Madison Square Garden, la idea no parece entusiasmarle...

—¿Por qué no hemos ido con Pedro y Roger a ver el partido de los New York Giants con el padre de Adam? —pregunta el portero—. Un partido de fútbol americano en directo debe de ser un espectáculo, entre otras cosas porque en la media parte se pueden comer perritos calientes, y en el teatro no.

—¿Estás de broma? —se sorprende Nico, mientras se ata la corbata de las grandes ocasiones—. ¡Esta noche vamos a disfrutar! ¿Has oído hablar alguna vez de Broadway?

—¿Es una marca de pasta concentrada para hacer sopa?

—No, es la capital mundial del teatro —explica el número 10—. En Broadway hay ni más ni menos que treinta y ocho escenarios, dedicados sobre todo a los musicales. Si Hollywood es la meca del cine y Maracaná la del fútbol, Broadway es la meca del teatro.

—¿O sea que esta noche veremos uno de esos pestiños en los que se canta y se baila un poco? —suspira el portero—. Gracias por avisarme, así me llevo una almohada.

—Eres un pedazo de animal... —comenta Nico, abatido.

—¿Cómo te atreves, Pulga? —pregunta Fidu con aire amenazante—. ¡Ahora verás una demostración de la fuerza de John Cena y acabarás como el Vampiro!

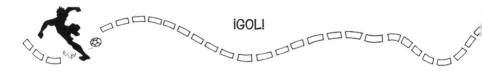

—Me lo temía... —se queja Nico, resignado a hacer de cobaya en un combate de lucha libre.

El portero está exultante después de la exhibición triunfal de John Cena del día anterior: necesita desahogarse y cada cinco minutos imita sus llaves.

AGARRA AL NÚMERO 10 Y SE LO ECHA A LA ESPALDA COMO SI FUERA UNA MOCHILA...

¡ESTOY LISTO PARA LA LLAVE DEFINITIVA, VAMPIRO! ATENTO...

FIDU LANZA A NICO A LA CAMA Y LO INMOVILIZA ANTE UN DIVERTIDO TOMI, QUE SE ESTÁ PEINANDO ANTE EL ESPEJO.

El capitán sabe que Eva tiene muchas ganas de asistir al espectáculo de Broadway y supone que sacará de la maleta

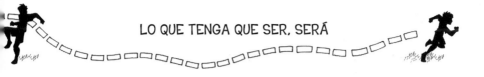
sus mejores galas, así que, como buen caballero, no quiere quedar mal...

Las señoras del grupo de Vacaciones Organizadas Cebolletas también se han engalanado para la velada teatral. Gaston Champignon las recibe en el vestíbulo del hotel con una galantería típicamente francesa:

—Cuánta belleza... Esta noche Broadway tendrá unas cuantas estrellas más.

—Una de ellas es una cometa, que se va a venir conmigo por ahí... —precisa Adam, elegantísimo con un abrigo azul marino y un fular blanco.

Al cabo de un rato, Elena se desliza sonriente al lado del estadounidense y sale del hotel mientras Daniela le grita:

—¡Nos vemos mañana en Magnolia!

Sofía y Lucía ríen, divertidas.

Antes de ir al teatro, los Cebolletas admiran la cercana plaza de Times Square, tapizada de carteles publicitarios que reproducen mensajes y figuras en movimiento.

Sara encuentra el modo más adecuado de describir el espectáculo:

—En medio de tantas luces que se encienden y apagan, me siento como la pelota de un *flipper*.

La deslumbrante Times Square es un símbolo más de la ciudad, donde se reúnen neoyorquinos y turistas para celebrar el Año Nuevo.

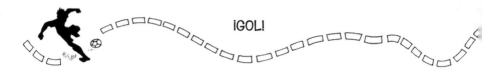

—¿Nunca has bailado en Broadway? —pregunta Eva a su profesora de danza.

—No, he hecho algo mejor: ¡bailar en la Metropolitan Opera House de Nueva York! —cuenta con orgullo Sofía—. Es una lástima que la temporada de ballet no empiece hasta la primavera. Yo volvería encantada. El Metropolitan es una catedral majestuosa, la mayor del mundo: cuatro mil espectadores, once lámparas de cristal en el vestíbulo y dos frescos de Chagall en el atrio... ¡Qué emoción bailar en un teatro tan maravilloso! Era muy joven y bailé *El cascanueces*. Aunque estuve a punto de perderme el estreno por un estúpido accidente.

—¿Qué pasó? —pregunta Sara.

—Durante los ensayos el bailarín ruso me dio un fuerte pisotón. «Eh —le dije—, te recuerdo que esto se llama *El cascanueces*, no *El cascapiés*.» Se me puso un dedo negro como el carbón y cada vez que me ponía sobre la punta de los pies veía las estrellas pero, a juzgar por las rosas que me lanzaron al final de la representación, nadie se dio cuenta de nada.

Gaston se alisa el bigote por el lado derecho, orgulloso de su bailarina.

—Pues a mí me gustaría bailar en un musical moderno de Broadway —confiesa Eva.

—Entonces lo que vamos a ver seguro que te gusta —ase-

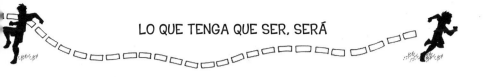

gura Sofía—. Chorus Line es precisamente la historia de un grupo de bailarines que estudia y ensaya para participar en un musical de Broadway. Cuando se estrenó, en 1975, tuvo un éxito increíble: ¡se representó durante quince años! Ahora están haciendo una nueva versión.

—Y del musical hicieron una película —añade Lucía—. La recuerdo bien, entre otras cosas porque es la primera película que vi en el cine con Armando...

—O sea que ya sabes, Tomi: ¡si ves este musical te arriesgas a acabar casado! —le avisa su padre, provocando una carcajada general.

Como suele ocurrir en estos casos, las mejillas del capitán enrojecen.

Los Cebolletas entran en el teatro y se dirigen a sus butacas.

En cuanto se apagan las luces, Dani-Espárrago pregunta en voz baja a Sara:

—¿Pero Rafa y la Emperatriz no se detestaban como un perro y un gato? Hoy han patinado juntos, ahora están sentados juntos...

La gemela no le da demasiada importancia:

—Vaya...

En cambio, Tomi sí se ha dado cuenta: sin que Eva se dé cuenta, no para de echar miradas a la fila de delante, donde Rafa y Chus charlan como dos grandes amigos.

79

A la mañana siguiente, Sofía, Daniela y Lucía están sentadas en Magnolia Bakery de la calle Bleecker, esperando a Elena.

—Yo creo que nos está tomando el pelo —aventura Daniela mirando su reloj.

—Apuesto a que nos ha dado plantón para evitar un interrogatorio —coincide Sofía.

Pero justo en ese instante la diosa de las tisanas entra en la pastelería, saluda a sus amigas y pide perdón por el retraso.

—Estás perdonada, a cambio de que nos lo cuentes todo —dice Daniela.

—¿Queréis saber qué tal me fue la velada con Adam? —pregunta Elena.

—No, que nos aclares las propiedades terapéuticas de la camomila... ¡Pues claro que queremos saber cómo te fue! —exclama Sofía.

Daniela y Lucía ríen con ganas.

—Fue una noche maravillosa —cuenta Elena—. Ese restaurante tiene una vista panorámica increíble y se come realmente bien. Después de la cena, Adam me llevó a dar una vuelta por Nueva York y me enseñó rincones preciosos de la ciudad. Me lo pasé en grande y él fue muy amable.

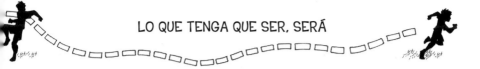
—¿Tan amable como para darte un beso? —zanja la madre de las gemelas.

—Eres demasiado curiosa, Daniela... —responde la aludida.

—¿No irás a tener secretos con tus mejores amigas? —la pincha Sofía.

—¿Y por qué no? —replica la checa a la defensiva.

—Pero no puedes negar que Adam te gusta un poco —contraataca Lucía.

—Digamos que ha cambiado mucho desde la época en que entraba en la tetería como si fuera un saloon del Oeste y se comportaba con la chulería de un vaquero. Se ha vuelto más discreto y ha llegado a romperse un brazo por mí. En Ellis Island también se portó muy bien y me ayudó a encontrar el rastro de mi antepasado.

—Y por eso le besaste... —vuelve a la carga Daniela, mientras prueba un cupckae de chocolate cubierta de azucarillos multicolores.

—Tendrás que resignarte: no estoy acostumbrada a hablar de mis besos —replica Elena con terquedad—. Solo os puedo decir dos cosas: lo que tenga que ser, será, como dice el refrán...

—¿Y la segunda? —pregunta Lucía.

—¡Es un lobo grande y hermoso! —reconoce Elena, provocando la carcajada de sus amigas.

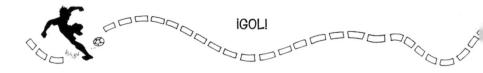

La tercera mañana de estancia en Nueva York es libre. La comitiva se divide en numerosos grupitos en función de las apetencias de cada uno. El grupito de los intelectuales, guiado por Nico y Chus, puede dedicarse finalmente a los prestigiosos museos de la Gran Manzana. A propuesta de Violette, el grupo, formado además por Sara, Lara, Tomi, Eva, Elvira, Rafa y el Gato, se dirige en primer lugar al MoMA, el famoso museo de arte moderno.

—Es la mejor colección de obras de arte modernas del mundo —explica Violette—. El Museum of Modern Art de Nueva York es como la cueva del tesoro, un cascarón lleno de belleza: Picasso, Klee, Monet, Chagall, Van Gogh, Kandinsky... Pero antes de admirar las obras de los grandes maestros, quiero enseñaros un cuadro muy especial...

La mujer de Augusto conduce al grupo de Cebolletas por los pasillos del MoMA, se planta delante de un cuadro de marco blanco, que es contemplado por una gran cantidad de japoneses, y desafía a sus pupilos:

—¿Lo reconocéis?

A Sara le basta con echarle una mirada para exclamar:

—¡Es tu famosa *Cabeza de caballo*!

—¡La primera obra de «pintura a la verdura»! —añade Lara.

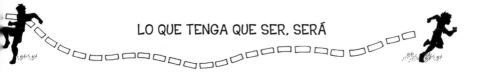

¿Recuerdas cómo nació la extraña técnica que ha dado fama mundial a la mujer de Augusto?

Tras varios fracasos, Violette había abandonado la pintura y se había resignado a ayudar a su hermano Gaston en su restaurante parisino. Un día, tropezó mientras llevaba un plato de espaguetis con tomate y pipas de girasol y tiró toda la comida sobre la camisa blanca de un cliente.

En lugar de excusarse ante él o tratar de limpiarle, Violette obedeció a la inspiración, cogió un espárrago de una mesa cercana y se puso a dar forma a la mancha roja de salsa estampada en la camisa, transformándola en una magnífica cabeza de caballo.

Hoy esa obra, la primera muestra de «pintura a la verdura», se conserva en el prestigioso MoMA de Nueva York.

El numeroso grupo de japoneses que estaba estudiando la *Cabeza de caballo con salsa sobre camisa blanca* reconoce a Violette y la rodea de inmediato para hacerle unas fotos. No todos los días se encuentra uno en la sala de un museo una obra reunida con su autora...

Por la tarde, justo cuando los Cebolletas llegan a Central Park para enfrentarse a los amigos de Roger, empiezan a caer los primeros y gruesos copos de nieve.

Central Park es uno de los parques más famosos del

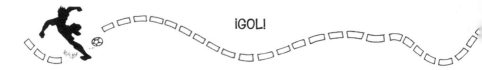

mundo, adorado por los neoyorquinos, que lo disfrutan intensamente todo el año: en invierno patinan sobre sus laguitos helados, corren y van en bicicleta; en verano nadan en la piscina, escuchan conciertos y asisten a los espectáculos de teatro que se organizan al aire libre. Hay rocas preparadas para hacer escalada, un campo para practicar golf, zonas para jugar a béisbol y fútbol, varias instalaciones para niños y teatrillos para espectáculos de marionetas.

Pero Central Park, que acoge cada año la llegada de la maratón de Nueva York, no es solo un espectacular parque de atracciones, sino sobre todo un precioso pulmón verde. Una ciudad asediada por el tráfico y los rascacielos necesita desesperadamente el oxígeno que aportan las plantas.

—¡Cebolluchos!

El grito de Pedro llama la atención de los chicos de Champignon, que van al encuentro de los amigos de Roger en el centro de un amplio prado cubierto ya por la nieve, donde disputarán el encuentro.

Después de las presentaciones y los apretones de mano, se dan cuenta de que ha habido un malentendido: los chicos de Brooklyn llevan un balón ovalado y los Cebolletas uno redondo.

—Habíamos dicho un partido de fútbol —indica Pedro.

—Nos referíamos a fútbol europeo... —aclara Nico—. «Football» significa «balompié».

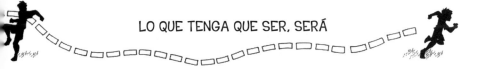

—Eso será en Inglaterra —lo corrige Roger—. En Estados Unidos significa «fútbol americano», vuestro fútbol es «soccer».

—En ese caso no puede haber partido —interviene Tomi—. No sabemos jugar a fútbol americano.

—Espera, he tenido una idea para que podamos seguir como estaba previsto —anuncia Pedro.

Mientras los capitanes parlamentan, Fidu estudia a los chicos de Brooklyn: son todos armarios roperos con brazos gruesos como troncos.

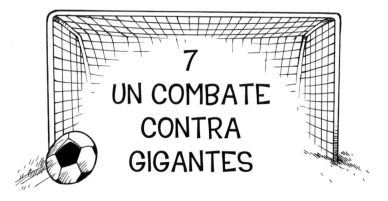

7
UN COMBATE CONTRA GIGANTES

—Os propongo una cosa —dice Pedro—. Cada equipo ataca con su balón y se hace una jugada por turno. Cuando ataquemos nosotros, intentaremos marcar con nuestra pelota ovalada y vosotros de pararnos los pies; cuando ataquéis vosotros, trataréis de marcar con vuestro balón y nosotros de impedirlo.

—¿Y las porterías? —pregunta Becan.

—Ponemos en el suelo dos bolsas en cada lado —responde el coletas—. Nosotros tendremos que plantar nuestro balón por detrás de las bolsas y vosotros colar el vuestro por en medio, como si fueran dos postes. Quien marque antes tres ensayos o tres goles gana el partido.

Los Cebolletas se consultan rápidamente con la mirada y Tomi asiente:

—Vale.

—Como puedes ver, nosotros solo somos cinco —precisa Roger—, así que vosotros deberíais sacar a cinco y hacer todas las sustituciones que queráis.

—De acuerdo —aprueba el capitán de los Cebolletas—, ¿quién saca?

—Empezad vosotros, que jugáis fuera de casa —contesta el hermano de Adam—. En Nueva York somos muy hospitalarios.

Los dos equipos se agrupan cada uno en su campo para preparar las primeras jugadas, mientras la intensidad de la nevada aumenta cada vez más.

—Me estoy congelando. Ya no siento los dedos de los pies y las manos —anuncia João, soplando por dentro de sus nuevos guantes de lana—. ¿Jugamos con el anorak por encima del chándal?

—Supongo que sí —confirma Nico—: ellos también lo llevan.

De repente, los adversarios sacan cinco camisetas azules de los New York Giants y se las ponen por encima de los anoraks.

Pedro lleva el número 9 y Roger, el 10. El más fornido de todos, un chico de raza negra que parece una nevera con una cabeza rizada encima, lleva el 88. Completan el equipo un tipo pelirrojo y pecoso que se ha quitado el chándal y el anorak y juega solo con una camiseta de manga corta de los Giants con el número 43, como si fuera verano, y otro bajo pero corpulento, plantado sobre dos piernas que parecen robles, que lleva el número 73 y no para de hacer globos con un chicle.

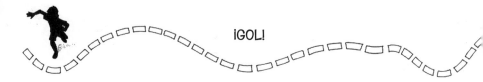

—Caramba, con esas camisetas encima todavía parecen más grandes —observa Morten.

—Tienes razón... son «gigantes» de verdad —precisa Elvira.

—Hagamos una jugada distinta cada vez y ataquemos los primeros, así no tendremos que preocuparnos por defender —propone Tomi, tras reunir a los compañeros a su alrededor—. Pongamos una línea de ataque: Becan por la derecha, João por la izquierda, Chus y yo en ataque y Nico en medio, para pasar a quien pueda disparar. Hagamos una prueba.

Las dos formaciones se colocan en el campo de Central Park que delimitan las cuatro bolsas de deportes.

Siguen cayendo gruesos copos de nieve, y el césped está completamente blanco.

—¿Listos? —pregunta el número 9.

—Yo he nacido listo... —responde Pedro con la sonrisa de una hiena.

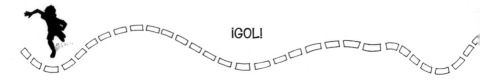

Rafa se abalanza inmediatamente contra el forzudo que ha arrollado a Chus. Aquiles y Fidu corren a socorrer a Nico, que ha quedado tendido en el suelo como una tortuga cabeza arriba.

Tiene que intervenir Adam, que ha acompañado a los chicos, para impedir que estalle una pelea de todos contra todos:

—¡Un poco de calma, chicos! ¿Sabéis qué significa la palabra «amistoso»?

—¿Qué modo de jugar es este? —salta Sara, antes de agredir a Pedro.

—Tranquila, tigresa: te recuerdo que en el fútbol americano está permitido hacer placajes —se defiende el coletas—. No hemos hecho nada antirreglamentario.

—¡Pero en fútbol no se puede tirar al suelo a los rivales! —protesta la gemela.

—Es que nosotros jugamos a fútbol americano, mientras que vosotros jugáis a fútbol a secas —observa Pedro con una sonrisa aviesa—, cada uno tiene que respetar el reglamento de su deporte.

—A ver si lo entiendo —interviene el Gato—: ¿vosotros nos podéis atizar y nosotros no?

—¿Y esta es la «hospitalidad» que dicen tener de los neoyorquinos? —pregunta Elvira—. Felicidades, si esas son las reglas, ¡ya podéis jugar solitos!

—¡Tiene razón! —asiente Becan, a punto de salir del campo.

Tomi lo detiene y, volviéndose hacia el coletas:

—No, seguimos jugando. Preparaos, os toca atacar a vosotros.

En cuanto Pedro se aleja, Aquiles felicita al capitán:

—¡Bravo, Tomi! No les podíamos regalar el partido así como así. Tenemos que luchar.

—Si se nos ocurre un buen plan, incluso podemos ganar —asegura Tomi.

—Pues conmigo no contéis, chicos... —susurra Nico, antes de salir dolorido del campo con la ayuda de Fidu, que lo deja en manos de Adam—. Creo que me han roto un par de costillas. Si se me hubiera echado encima el Cebojet no me habría hecho tanto daño.

—Vale, tú descansa, porque ahora entra en el campo la línea defensiva —explica el capitán—. Propongo la siguiente formación: Fidu delante de la portería, tratando de parar al que se presente en la meta para hacer un ensayo. Tengo la sensación de que será Pedro.

—Me encantaría —comenta Fidu—; me muero de ganas de darle un meneo...

—Sara y Lara, vosotras os ocuparéis de las bandas —sigue Tomi—. Lo ideal sería que lograrais anticiparos a los pases e interceptarlos, porque si sus extremos cogen velo-

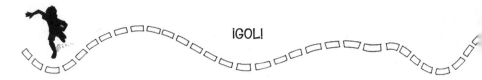

cidad y se os encaran con la pelota ovalada en el brazo os aplastarán.

—De acuerdo —responden a coro las gemelas.

—Dani, tú te pones en medio, delante de la defensa. Eres el más alto y el que tiene los brazos más largos, así que nadie mejor que tú puede hacerse con un pase de su *quarterback*.

—¿Y eso qué es? —pregunta el andaluz.

—Es el director del equipo, el que lanza la bola al compañero para que la lleve hasta la línea de ensayo —explica el número 9—. Creo que su *quarterback* es Roger. Tú te ocuparás de él, Aquiles. Si logras derribarlo antes de que pase la pelota habrás acabado con su jugada.

—Así lo haré —promete el exmatón.

—¡Las manos juntas! —les pide Tomi mientras extiende el brazo—. ¿Somos pétalos sueltos o una sola flor?

Los Cebolletas cubren la mano del capitán mientras aúllan: «¡Una sola flor!».

Las formaciones se colocan en el campo.

—¿Listos? —pregunta Pedro.

—¡A jugar! —responde Aquiles, concentradísimo.

El coletas pasa la pelota a Roger, que retrocede a pequeños pasos mientras estudia qué compañero está peor cubierto, para pasarle la bola. La quiere enviar hacia Pedro, pero Fidu está pegado a él como una lapa. Se da cuenta de

que Aquiles está a punto de echársele encima, lo deja clavado con una finta y luego envía la pelota al pelirrojo con un potente lanzamiento.

SARA HA ADIVINADO LAS INTENCIONES DE ROGER Y CORRE PARA CORTAR EL PASE...

PERO RESBALA SOBRE LA NIEVE Y DEJA VÍA LIBRE AL 43...

SCUISSSHHH

QUE RECHAZA DE UN MANOTAZO LA ENTRADA DE DANI Y SE QUEDA SOLO ANTE FIDU.

EL PORTERO TRATA DE PLACARLO, PERO EL PELIRROJO LO SUPERA DE UN BOTE Y PLANTA LA PELOTA ENTRE LAS DOS BOLSAS: ¡1-0!

Los Gigantes lo celebran abrazándose en el centro del campo.

Tomi «choca la cebolla» con cada de uno de los defensas, que salen abatidos:

93

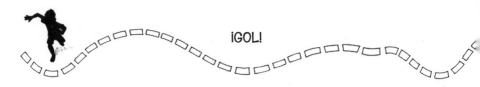

—No importa, hemos luchado bien. ¿Puedes salir, Nico?

—No, capitán, me duele demasiado.

—¿Y tú, Chus?

—Estoy perfectamente y no veo la hora de vengarme —declara la Emperatriz con una mirada más gélida que la nieve.

—De acuerdo, yo dirigiré el juego, Rafa y Chus serán los delanteros y Becan y Morten correrán por las bandas. ¡Vamos allá!

Mientras los Gigantes se alinean, Chus dice en voz baja a Tomi:

—Cuando me acerque a ti, envíame el balón arriba.

—¿Listos? —pregunta Rafa.

—¡A jugar! —responde Pedro.

El Niño toca para Chus, que retrasa al primer toque para Tomi. El capitán detiene el balón bajo el pie, esperando el previsible ataque del búfalo número 88. Parece un torero desafiando a un toro...

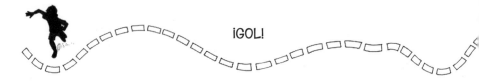

Tomi no lo celebra: echa a correr hacia la banda y habla con el Gato:

—Ocupa el sitio de Aquiles y trata de blocar al *quarterback* antes de que suelte la bola. Eres más rápido y tu especialidad son los esprints, ¿no?

—Si me llaman el Gato es porque soy ágil como un felino —confirma el violinista—. Le pararé los pies, tranquilo.

La línea defensiva de los Cebolletas vuelve a ocupar sus posiciones en el campo.

Pedro, con la pelota ovalada en las manos, comprueba la posición de sus compañeros y la envía hacia atrás a Roger, que retrocede con el brazo levantado, listo para pasar.

El Gato se le acerca como un indio, con las rodillas dobladas, salta como un resorte, arrastra por el suelo al hermano de Adam y le roba la pelota, que levanta al cielo como si fuera un cuero cabelludo...

—¡Genial, Micifú! —lo celebra Fidu mientras lo tritura con un abrazo de oso.

Los Cebolletas preparan un nuevo ataque.

—Cuidado, capitán, están dispuestos a saltarte encima dos a la vez —advierte Aquiles—. Intentaré pararle los pies al 88...

Pero cuando Rafa pasa hacia atrás, el capitán hace algo que nadie esperaba: dispara directamente a portería...

La pelota circula rasa, dejando detrás una estela de nieve, se cuela entre un bosque de piernas y pasa entre las dos bolsas de deporte: ¡1-2!

—¡De lejos no vale! —protesta el coletas.

—En nuestro reglamento están permitidos los tiros de lejos, como en el tuyo los placajes —rebate enseguida Tomi, cerrándole la boca.

Los Gigantes celebran un largo conciliábulo antes de alinearse en posición de ataque. Parece que también han preparado una jugada sorpresa.

En vez de enviar hacia atrás la pelota oval al *quarter-back*, como siempre, Pedro la entrega al mastín que tiene al lado, que hace un globo con su chicle y se lanza a la carga.

—¡Cuidado! —grita Sara, que intuye el peligro.

Pero el Gigante tumba a Dani y aprovecha la indecisión de Fidu y Aquiles, que se miran para decidir a quién le toca intervenir. Se cuela entre los dos y planta la bola en el suelo, entre las dos bolsas: ¡2-2!

—*Come on!* —vocifera el fornido 88 levantando la mirada al cielo, antes de intercambiar unos manotazos con sus compañeros.

El que marque el próximo ensayo o gol ganará.

El partido se convierte en una batalla épica porque, de tanto pisarla, la nieve se ha deshecho y el campo se ha con-

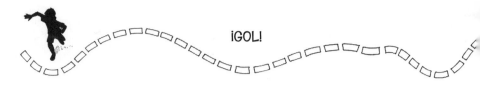

vertido en un barrizal, mientras siguen cayendo gruesos copos. Los chicos se persiguen, se echan unos encima de otros y se revuelcan por el suelo. Las camisetas de los Giants apenas se distinguen: en el ring hay diez monstruos de barro luchando desesperadamente.

Ninguno de los dos equipos se resigna a que tanta lucha haya sido en vano y apura obstinadamente las últimas energías para marcar el punto de la victoria en Central Park.

Lo más curioso y emocionante es que, pese a la fogosidad del encuentro, cuanto más se prolonga y más se lucha, mayor es la deportividad. No faltan los choques duros, los placajes y los empujones que permite el reglamento del fútbol americano, pero nadie da golpes bajos ni se comporta da manera incorrecta y, cuando un jugador cae al suelo, el rival le ayuda a levantarse.

Dani, con sus brazos de pulpo, salta y atrapa el pase que iba dirigido a Pedro. Los Cebolletas defensores salen del campo y son sustituidos por los delanteros, que tratan de construir una nueva jugada de ataque.

Tomi ha preparado un plan con Rafa y Chus, que tendrán que subir lo más arriba posible y cruzarse entre ellos para librarse del marcaje enemigo.

Pero cuando el capitán recibe el balón y levanta la mirada para pasar al que esté mejor colocado, ve que ambos

llevan a un rival pegado: los Gigantes se han replegado todos en defensa, menos el coloso afroamericano que se le está echando encima...

Tomi tiene el tiempo justo de enviar el balón a João, libre en la banda izquierda, antes de acabar tumbado de espaldas bajo una montaña de barro.

8
UNA CENA
CON
SORPRESA

João levanta el balón de un taconazo y jugándolo con los muslos lo saca del charco en el que había caído. Prácticamente es imposible hacer rodar la pelota por el suelo. El pelirrojo se le encara.

El brasileño lo supera con un sombrero, esquiva un manotazo y recoge el esférico a la espalda de su rival, pero, en lugar de dirigirse a la portería de los Gigantes, corre hacia su propia meta con la bola pegada en la frente.

—Se ha vuelto loco —comenta Fidu, al borde del campo.

—¡Tienes que marcar en la otra punta! —le grita Sara.

Al llegar a las bolsas de deportes de los Cebolletas, João gira en redondo, sin dejar de correr, siempre llevando la pelota pegada en la frente, y se dirige hacia la banda derecha, donde hay menos barro. Allí deja caer el balón al suelo mientras el que mastica chicle derrapa para placarlo.

Sin embargo, el Cebolleta sujeta la pelota entre los tobillos y salta, de modo que el Gigante le pasa por debajo de las botas.

Luego espera a que el rival se levante y lo marea con una serie endiablada de autopases. Acaricia la bola con la derecha y la zurda, sin llegar a empujarla. El americano lo observa embobado, como si un hipnotizador estuviera haciendo oscilar un péndulo delante de su nariz, y trata de adivinar por dónde echará a correr el brasileño para echársele encima. Cuando al fin se lanza a por él, se equivoca de lado...

João se queda delante de Roger y el 88, que cubren la portería, pero en vez de seguir adelante, da la vuelta como si quisiera regresar de nuevo a su campo.

«Se ha vuelto loco», está a punto de repetir Fidu.

JOÃO, DE ESPALDAS A LA PORTERÍA DE LOS GIGANTES, DE REPENTE DA UN TACONAZO.

EL COLOSO AFROAMERICANO VE IMPOTENTE UN BALÓN QUE LE PASA ENTRE LAS PIERNAS Y SE CUELA EN LA PORTERÍA. ¡ES EL GOL QUE DECIDE EL PARTIDO!

Fidu sale a perseguir a João, lo agarra y se lo echa a hombros, como hizo John Cena con el Vampiro. Los Cebolletas se funden en un abrazo, formando una espléndida flor de barro, a la que incluso se une Adam...

101

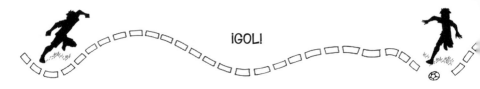

—¿Cómo se te ha ocurrido salir corriendo y regatearlos a todos? —le pregunta Aquiles al cabo de un rato.

—El frío —explica el brasileño—. Me estaba congelando. En cuanto me llegó el balón, me puse a correr para calentarme y, cuando me quise dar cuenta, estaba en la portería de los rivales.

Por una vez, Pedro y Roger no se comportan como Escualos, sino que chocan la mano a sus adversarios.

—Mis amigos dicen que habéis luchado como fieras —traduce el hermano de Adam—. No lo esperaban, porque opinan que los futbolistas españoles son como bailarinas de ballet...

—Qué va, en todo caso los futbolistas españoles enamoran a las bailarinas, ¿verdad, Tomi? —sugiere burlón Fidu, provocando una carcajada general.

—Os dan las gracias porque se han divertido —sigue Roger— y mi amigo Brad te pide perdón si te ha hecho daño —dice dirigiéndose a Nico.

—Seguramente me has roto dos costillas, Brad, pero da igual, porque todavía me quedan algunas —bromea el lesionado con su inglés impecable, haciendo reír a los Gigantes.

Poco después, de regreso al hotel por la celebérrima Quinta Avenida, los Cebolletas no pasan inadvertidos con sus chándales y anoraks llenos de barro. Tienen la sensa-

ción de estar protagonizando una película: los rascacielos de Manhattan, las aceras mojadas, las alcantarillas con vaho, los taxis amarillos, los cláxones que retumban por doquier y un puñado de héroes que regresa de una misión gloriosa...

—Ahora sí que tenemos algo serio que recordar, no los guantes que se cayeron de la Estatua de la Libertad... —observa João—. Cada vez que veamos por televisión un concierto en Central Park o la llegada de la maratón de Nueva York, ¡nos acordaremos de la vez que fuimos más grandes que los Gigantes!

El día siguiente, los Cebolletas se conceden permiso para levantarse tarde y gandulear un poco por el Village, para recuperar energías después del combate en Central Park. Los chicos lo aprovechan para hacer algunas compras, porque hoy es el último día que pasan en Nueva York y mañana la comitiva viajará al cálido clima de las Bahamas. Dani, un auténtico melómano, se lanza a las tiendecitas del barrio, que venden discos de vinilo e instrumentos musicales. Nico descubre una espectacular librería de cómics y libros usados donde pasa un par de horas deslumbrado.

Chus trata de convencer a todos de que la sigan a algunas *boutiques* que le ha aconsejado una amiga, donde ven-

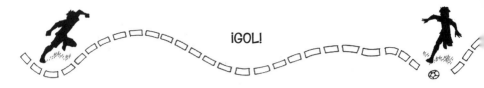
den ropa usada y modelos de otras épocas. Cuenta con el apoyo de Rafa:

—¡Vamos, chicos! ¿No os acordáis de lo que nos divertimos en Londres con la ropa estrafalaria que nos compramos en el mercadillo de ropa usada?

—Es verdad, yo en Londres me lo pasé bomba —admite Eva, aunque la propuesta venga de su rival Chus.

—Mi amiga me ha asegurado que en las tiendas de Mott Street hay cosas fantásticas —insiste la Emperatriz—. Y no está lejos de aquí.

—Vale, me has convencido —anuncia Sara—. Le preguntaré a Augusto si nos puede acompañar con el microbús.

Mientras esperan, Fidu se hace a un lado con Rafa y le pregunta:

—Perdona, Niño, ¿cómo es que al principio no querías que Chus viniera de vacaciones con nosotros y ahora te has convertido en su criado?

—¿Yo un criado? —repite asombrado el italiano, enrojeciendo ligeramente—. Pero ¿qué dices?

—Sí, antes te quejabas porque Chus jugaba demasiados minutos, que había sido la última en llegar a los Cebolletas y tenía que quedarse en casa —insiste el portero—, y ahora patináis juntos, os sentáis al lado en el teatro, la defiendes de los Gigantes y tratas de convencer a todos de que vayan

a tiendas de ropa usada solo porque ella quiere. Un poco extraño, ¿no te parece?

—A mí no me parece nada extraño —se defiende el Niño tratando de zanjar el tema—. En el mercadillo de Londres me divertí y ahora quiero hacerlo aquí. Ni más ni menos.

—Vale, entendido. Es que como van diciendo por ahí que estás enamorado hasta las trancas de la Emperatriz... —deja caer el guardameta con fingida indiferencia.

—¿Enamorado, yo? ¡Tonterías! —niega Rafa—. No soy de los que pierden la cabeza fácilmente.

—Pues a mí Chus me parece justo el tipo de chica que hace perder la cabeza —rebate Fidu—. Basta con pensar en Tomi y Nico. ¿Te acuerdas cuando el capitán jugaba con las medias por encima de las rodillas?

Rafa resopla y cambia de tema:

—Tranquilo, Fidu, que yo no pierdo la cabeza. La tengo bien atada al cuello.

Augusto acepta acompañar a los chicos a Mott Street. La idea también le ha gustado mucho a Violette a quien, como a tantos artistas, le gusta vestirse de manera extravagante.

A última hora de la tarde se dejan ver las que cortan el bacalao: Daniela, Sofía, Lucía y Elena...

—Amigas, ha llegado el momento de que la célebre Quinta Avenida conozca a unas señoras de tanta clase

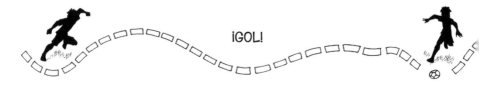

como nosotras —anuncia con solemnidad la madre de las gemelas.

—Pero no toda la Quinta Avenida, nos conformamos con lo mejor —precisa Sofía—. Solamente el tramo que hay entre la Treinta y cuatro y la Sesenta, donde se concentran las tiendas más prestigiosas de Manhattan, con las marcas más exclusivas.

—Armando, ¿sabes que ahí está la joyería más famosa del mundo? —le pregunta Lucía—. Sería un detalle que me compraras un recuerdo de estas vacaciones...

—Cariño, tan solo para comprarte un llavero tendría que vender el autobús municipal —contesta el marido—. ¿No te conformas con una camiseta con el lema I love New York?

Champignon, que siempre se divierte con las salidas de Armando, ríe con ganas mientras juega con el extremo derecho de su mostacho.

—Escúchame bien, Gaston: ¿sabes cuál es la táctica que ha dado tantas satisfacciones a los equipos españoles? —pregunta en voz baja el padre de Tomi.

—El tiquitaca —responde el cocinero sin dudarlo.

—Exacto: pues es la que tenemos que utilizar ahora en la Quinta Avenida —explica Armando—. Control constante del balón, mareo del adversario. En cuanto nos descuidemos y abramos la cartera, estamos acabados. Lucía y Sofía nos golearán sin piedad. ¿Está claro?

—Clarísimo.

Las damas se extasían admirando las elegantes vitrinas de la Quinta Avenida, posan delante de la famosa joyería, dominada por la estatua de Atlas que lleva a los hombros un reloj, pero para las compras y los regalos se contentan con los grandes almacenes.

Al final, quien más gasta es precisamente Armando, que se queda embobado por la descomunal juguetería que da a la Quinta Avenida y compra cinco maquetas de naves de guerra que no ha visto nunca en España y que son su gran pasión.

En la misma tienda, Fidu descubre nuevos artículos de John Cena: una camiseta y una gorra verdes con el lema «Nunca te rindas», una cadena, unos puños verdes y broches con la cara del famoso luchador.

Las magníficas vacaciones en Nueva York acaban más que dignamente con una cena en el restaurante de Vito, el amigo de Adam, bajo el puente de Brooklyn.

A la alegre mesa del grupo de Vacaciones Organizadas Cebolletas se unen los padres de Adam y los amigos de Roger.

Brad, el colosal número 88, pregunta enseguida a Nico si le duelen las costillas. El número 10 le contesta que van

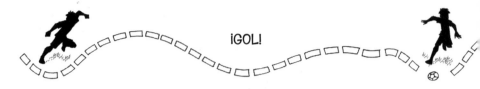

mucho mejor. Los dos se sientan juntos y descubren charlando que comparten la pasión por el ajedrez y los libros de historia.

Antes de servir los platos, Vito presenta a todo el mundo a su padre Tonio, un hombrecito con un bigote negro azabache y pelo peinado hacia atrás.

—Buenas noches a todos. Los amigos de mi hijo son para mí huéspedes sagrados —saluda el señor Tonio—. Solo quería daros la bienvenida y deciros dos cosas, antes de dejaros en paz. Una va dedicada al Niño, el único italiano de vuestro grupo: «Trata bien a nuestro país cuando lo tengas cerca, porque un día volveré a casa». La otra es que me gustaría que a la cocina llegaran solo platos vacíos, porque si no me pongo triste...

—No se preocupe, señor Tonio —salta Fidu—. Me encargo personalmente del vaciado de los platos, hasta de los ajenos.

Se oye una gran carcajada.

En realidad, los platos, de una sofisticada cocina, son tan apetitosos que Fidu no tiene que intervenir. Se vacían solos...

El momento inesperado llega antes del postre.

Las luces de la sala se apagan y la mesa queda iluminada solo por las velas.

Elena sonríe con los ojos brillantes por la emoción: extiende la mano a Adam y se levanta de la silla. Adam también se pone en pie y los dos se besan mientras estalla una ovación de aplausos.

El día siguiente, los Cebolletas desembarcan en las Bahamas y empiezan a dar espectáculo justo desde el primer momento.

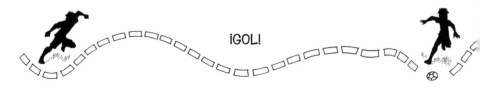

El primero en salir del avión es João que, ante la mirada sorprendida de los demás pasajeros, extiende los brazos y sonríe al sol:

—¡Esto sí que es una temperatura adecuada! Al fin podré empezar a descongelarme.

El héroe de Central Park viste una horrible camiseta hawaiana de flores. Tomi baja por la escalerilla justo detrás del brasileño, tocado con un cómico sombrero de paja. El sombrero amarillo de Eva, enorme, da más sombra que un parasol. Issa y Jamila parecen recién llegados de los años setenta, mientras Rafa luce la bandera de Estados Unidos en una camisa con barras y estrellas. La Emperatriz, cubierta con una especie de sayo blanco, lleva una sombrilla. Sara y Lara parecen salir de una pista de tenis: polo y faldita blanca, visera en la frente y sendas raquetas de tenis bajo el brazo.

En las tiendas de Mott Street había realmente de todo...

9
TIRO
A LA BALSA

Los Cebolletas toman el sol en la playa del centro turístico de Nassau, un complejo espectacular que cuenta también con un parque acuático con enormes toboganes de colores, que se enroscan como serpientes y desembocan en diferentes piscinas.

Playa, palmeras, sol, piscina, diversión: no falta nada para tres días de asueto y reposo absoluto.

Los más felices de todos parecen Issa y Jamila, que al sol siempre tienen la sensación de renacer.

—¡Esto es vida! —exclama el joven campeón de minimotos—. Nueva York es una ciudad preciosa, pero un día más y me habría convertido en un muñeco de nieve...

Sara asiente:

—Tienes razón: visitar la Gran Manzana ha sido fantástico, pero tumbarse al sol como un lagarto no está nada mal.

—Totalmente de acuerdo —aprueba Fidu, estirado sobre una tumbona con un coco en la mano—. Estos días es-

pero hacer un kilómetro en total: cama, playa, restaurante, playa, restaurante, cama...

—¡Ni hablar, tenemos que entrenar, aunque solo sea un poco! —anuncia Tomi—. Dentro de unos días se reanuda la competición y tenemos que alcanzar a los Ragazzi de Milán si queremos llegar a la final de la Champions Kids.

—¡Pero si acabamos de derrotar a los Gigantes de Nueva York! —señala Becan—. Ese combate en el barro de Central Park fue el mejor entrenamiento posible.

—Es verdad —admite el capitán—, pero creo que unas carreras por la playa para mejorar la técnica no nos vendrían mal. Para algo nos hemos traído los balones de casa.

—Vale —aprueba Nico—, mejor ir ganando algo de tiempo...

—Si no me equivoco, teníamos prevista una sesión ahora mismo —recuerda Champignon, levantándose de su tumbona.

—Exacto —confirma Tomi.

—¿Y por qué no empezamos directamente jugando un partido, para estirar un poco las piernas? —propone el míster.

—¿Queréis un portero? —pregunta Fidu, inquieto.

—No —responde el cocinero.

—Muy bien, pues ¡a disfrutar! —exclama el número 1 con un suspiro de alivio. Y se vuelve a llevar la pajita a la boca para sorber otro trago de leche de coco.

Champignon coge una pelota, la pone en el suelo y propone algo nuevo:

—Todos conocéis el juego «captura la bandera». Bueno, pues en lugar del pañuelo, esta vez lo que habrá en medio será un balón. Os dividiréis en dos equipos y os pondréis en fila. Cada uno tendrá asignado un número. Cuando diga el vuestro, tendréis que salir corriendo hasta la pelota y decidir qué hacer: cogerla y llevarla a vuestros compañeros de equipo o dejar que la coja el rival y tratar de robársela mientras la lleva a su campo, porque en ese caso basta con tocarlo para ganar un punto. ¿Alguna duda? Pues escoged los equipos.

—¿Dónde se han metido Rafa y Chus? —pregunta Lara.

—Bah, se habrán ido... —responde Dani—. Decid lo que queráis, pero esos dos esconden algo.

Tomi también mira nervioso a su alrededor en busca de sus compañeros, pero no hay rastro del Niño ni de la Emperatriz.

Los Cebolletas se disponen a iniciar el entrenamiento sin ellos.

Gaston estudia los dos bandos y anuncia el primer número:

—¡Cinco!

Del equipo de Nico sale João y del de Tomi, Becan: un nuevo duelo entre los dos extremos históricos de los Cebo-

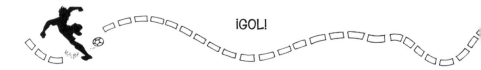
lletas, que llegan a la bola en el mismo instante, pero ninguno la toca.

Los dos amigos se estudian unos segundos, hasta que Becan recoge el balón con un taconazo y da sus primeras zancadas. El brasileño, más hábil en las jugadas en corto, trata de recuperar terreno, pero el rival se le escapa y se hace con el primer punto de la partida.

—¡Punto para el equipo de Nico! —anuncia Gaston, antes de dar un consejo al danés—: Cuando te ataque un defensa por un lado, mantén el balón en el otro, así lo protegerás mejor. Y si se lanza derrapando, primero chocará con tus piernas y te hará falta o penalti.

—Entendido, míster —asiente Morten.

Lara vuelve al campo con los brazos levantados y todos sus compañeros le «chocan la cebolla».

—¡Uno! —grita ahora Champignon.

Pedro ha escogido aposta ese número para poder luchar contra Tomi, su eterno rival.

Los dos se encuentran cara a cara con la pelota en medio.

El capitán deja clavado al coletas con una jugada inesperada: en lugar de llevarse el balón a su campo, lo envía a la espalda de Pedro y corre a por él en campo contrario. En cuanto el coletas se da la vuelta, Tomi repite la jugarreta: bola por la derecha y carrerilla por la izquierda para que no le alcance su rival.

—Una idea genial... —comenta Becan.

—¡Corre, capitán! —le animan sus amigos. Pero el esférico se queda clavado en una hondonada, Tomi tropieza y rueda por el suelo.

El Escualo no tiene problemas para robarle el cuero y decirle al capitán:

—Un espectáculo precioso, pero el punto es mío.

El equipo de Pedro derrota al de Tomi por cinco puntos a cuatro.

—Ahora todos al agua a refrescaros —ordena el cocinero-entrenador—. El entrenamiento sigue en el mar. Incluido el portero. Si lo queréis llevar vosotros directamente...

—¡Buena idea, míster! —aprueba Aquiles.

—¿Estáis seguros de que entre ocho podremos? —duda Becan.

—Yo tampoco lo tengo claro —ríe Dani.

El exmatón, Dani, Becan, Roger, Pedro, el Gato, Tomi y Morten se acercan sigilosamente a la tumbona del guardameta, intercambian miradas cómplices y se ponen en acción...

Cuatro lo cogen por los brazos y cuatro por las piernas, lo levantan y lo transportan hacia la orilla. Fidu se debate como un enorme pulpo atrapado en la red de un pescador:

—¡Soltadme! ¡Dejadme en paz! No sé nadar, tengo varicela y sarampión, hay tiburones, marcianos y piratas...

Pero los compañeros no se dejan convencer por sus patrañas y lo lanzan al mar con la camiseta verde y la gorra de John Cena puestas...

Antes de dedicarse a los cancerberos y los delanteros, el cocinero francés prepara unos ejercicios para los centrocampistas y los defensas.

El que ha ideado para los primeros es sencillo: Becan, João, Morten, Aquiles y Nico tienen que ir corriendo en paralelo a la orilla con el agua hasta la barriga mientras se pasan el balón con las manos. Es como usar una máquina de gimnasio, porque el mar frena las piernas y ejercita sus músculos. Además, correr lentamente es el mejor método para llenarse los pulmones de aire, una cualidad esencial para un centrocampista, que tiene que correr sin parar para enlazar la defensa con el ataque.

Un buen director de juego debe mantener la cabeza alta hasta cuando corre, para no perder de vista lo que pasa en el campo y saber cuál es el compañero desmarcado a quien pasar el balón. Por eso Gaston les ha dado una pelota para que se la pasen con la mano: de este modo no pueden distraerse o mirarse los pies en el agua.

Para los zagueros el ejercicio es mucho más divertido.

Sara, Lara, Dani y Elvira se colocan un pañuelo de color por detrás del traje de baño, que les cuelga como una pequeña cola. Se trata de robárselo al rival, como ha dicho Champignon mientras explicaba el juego:

—Vosotros no jugáis a waterpolo, pero este es un modo divertido de entrenar los reflejos, el oportunismo y la velocidad de ejecución, las principales virtudes de un buen defensa que quiera arrebatar la pelota de los pies de sus rivales.

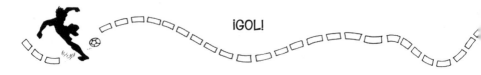

Los primeros en batirse en duelo son Dani y Elvira.

El defensa andaluz trata de rodear a la fotógrafa para llegar hasta el pañuelo, pero esta le sigue el ritmo para protegerse la espalda. Empiezan a bailar una especie de corro que acaba transformándose en un combate entre cocodrilos, porque Dani decide atacar y se lanza contra Elvira, que se contorsiona en el agua para tratar de mantener su espalda fuera del alcance del andaluz. Pero este tiene los brazos muy largos y al final se hace con el pañuelo de la fotógrafa.

El duelo de Dani con Lara acaba igual.

—Es imposible derrotarlo —asegura Elvira, resignada—. Es como luchar en el agua contra un pulpo gigante.

—No me lo creo —sostiene Sara, que se prepara para el combate—. Los tiburones son más fuertes que los pulpos. Lo único que tienen que hacer es morder en el momento justo.

—Ahora lo veremos —replica Dani con una sonrisita desafiante.

DANI EMPIEZA A BAILAR OTRA VEZ ALREDEDOR DE SU PRESA...

PERO SARA SE SUMERGE ANTE ÉL, SE LE CUELA ENTRE LAS PIERNAS...

Y REAPARECE EN LA SUPERFICIE CON EL PAÑUELO EN LA MANO.

—¡Fantástico, Sara! —lo celebra Elvira.

Dani todavía está mirando a su alrededor para comprender cómo se ha quedado sin cola:

—Pero ¿por dónde has pasado?

—Los Escualos siempre ganan —anuncia la gemela, triunfante.

Ahora Champignon se puede ocupar de los delanteros y los porteros.

Se mete en el mar y sujeta con firmeza una balsa hinchable de un par de metros de largo a la espalda de Fidu y el Gato, que tienen medio cuerpo en el agua.

—Esta es la portería que tenéis que defender. Tomi y Nico tratarán de marcar desde la orilla. Tened en cuenta que no soy un poste, sino que puedo desplazarme, así que no debéis perder de vista la portería, que se irá moviendo por detrás de vosotros, ni a los delanteros. Un buen portero tiene que tener ojos hasta en la nuca.

—Tú quédate un metro por delante, Micifú, así cuando disparen al centro no chocaremos los dos —propone Fidu al Gato mientras se cala la gorra verde de John Cena.

En la orilla, Tomi vacía el saco de los balones y empieza el bombardeo de la balsa amarilla.

El capitán y Nico disparan como metralletas. Fidu y el Gato blocan pelotas, las despejan, desaparecen bajo el agua, vuelven a asomar...

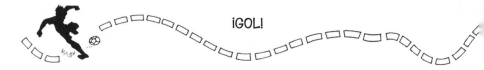

—¡A la derecha, Micifú! —grita Fidu—. ¡La portería se ha movido!

—¡Gracias! ¡Cuidado con Nico, que va a disparar por tu derecha!

Ninguno de los diez primeros balones acierta en la diana. Los dos porteros se «chocan la cebolla», satisfechos, mientras Tomi y Nico se lanzan al mar con el saco para recoger los balones.

—Nos hemos equivocado: no había que apuntar a la balsa. Los tiros a media altura son fáciles de parar, pero si logramos que la bola rebote sobre el agua, cogerá velocidad y no la pillarán —precisa Nico—. Si te fijas, los jugadores de waterpolo procuran que la bola rebote sobre el agua justo delante del portero.

—Vamos a probar —acepta Tomi.

Los dos amigos, que parecen dos pescadores volviendo a casa tras una buena jornada, vuelcan en la orilla su red llena de balones y se disponen a tirar de nuevo. En lugar de golpear el balón sobre la arena, lo levantan, pelotean y chutan con el empeine, de arriba hacia abajo, para que rebote sobre el agua.

Aumenta el peligro para los dos porteros, pero sus grandes reflejos siempre han sido la gran baza del Gato y Fidu, que logran interceptar con puños y manotazos providenciales las trayectorias envenenadas por los rebotes sobre el agua.

120

El segundo saco de balones también pasa de largo, sin acertar a la balsa amarilla.

—¿Veis lo que hay escrito en mi gorra de John Cena? —pregunta Fidu a los lanzadores—: «Nunca te rindas». Pues eso: no os desaniméis y volved a probar.

Tomi y Nico vuelven al agua a recuperar los balones. Mientras los llevan a la orilla, el capitán anuncia que tiene una idea. El delantero centro y el número 10 alinean cuatro balones sobre la arena.

—Que conste que no me he rendido —salta Fidu, antes de tirar su gorra al agua fingiendo estar enfadado.

Sara, que ha vuelto a extenderse sobre una tumbona al lado de Eva, señala hacia el mar y exclama:

—Ahí es donde estaban Rafa y Chus: ¡en el cielo!

El Niño y la Emperatriz vuelan mar adentro, sujetos por un arnés a un paracaídas que arrastra una lancha motora. Saludan desde el aire agitando enérgicamente los brazos.

—¡No entrenéis demasiado a ver si al final vais a jugar mejor que yo! —aúlla el italiano.

Dani mueve la cabeza mientras levanta la nariz:

—Diréis lo que queráis, pero estoy seguro de que esos dos esconden algo...

El primer entrenamiento en las playas de las Bahamas ha sido muy productivo para los Cebolletas, pues gracias al clásico estilo característico de Champignon los chicos se lo han pasado tan bien que no se han dado ni cuenta de todo lo que han aprendido, ni de los preciosos ejercicios con los que se han preparado táctica y físicamente, que les vendrán de perlas cuando se reanude el campeonato.

Además, están hambrientos...

A la hora de la cena, el grupo de Vacaciones Organizadas Cebolletas se reúne en una terraza deliciosa, desde la que se divisan el mar y toda la paleta de colores del ocaso.

Todo es tan sereno y perfecto que parece impensable que estalle un altercado entre los Cebolletas.

Pero acaba produciéndose cuando Rafa empieza a burlarse de Nico:

—¿Te costaba un poco andar dentro del agua, o me equi-

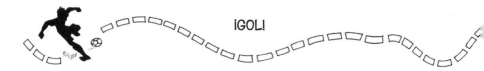

voco? Desde el aire parecías un legionario caminando por el desierto...

—Ya que te has saltado el entrenamiento, podrías quedarte calladito —dice Tomi, con una dureza que sorprende a sus compañeros.

—Vale, capitán, solo era una broma —se justifica el Niño.

—Pues yo hablo en serio —sigue Tomi, que está visiblemente nervioso—. Si habíamos decidido entrenar en la playa, no comprendo por qué has tenido que darte una vuelta en lancha motora. Podías haberlo hecho antes o después. Tenías mucho tiempo libre...

—Creía que estaba de vacaciones, no en un cuartel —interviene Chus, resoplando.

—Estás de vacaciones con un equipo, y un equipo sobrevive si hay normas y todo el mundo las respeta —insiste Tomi.

—Sí, es posible que tengas razón, capitán. A lo mejor no estoy hecha para los Cebolletas —anuncia la Emperatriz antes de levantarse de la mesa y alejarse.

—¿No te has pasado de la raya? —estalla Rafa, que sale a buscar a Chus.

Los Cebolletas intercambian miradas de extrañeza: en efecto, la reacción de Tomi los ha dejado un poco descolocados a todos.

124

Pero la tensión se disipa enseguida, porque del otro lado de la enorme mesa el tintineo de una cucharilla contra un vaso llama la atención de todos.

Adam y Elena se ponen en pie.

—Queríamos daros una noticia importante —empieza el propietario del KombActivo.

La diosa de las tisanas continúa en su lugar y, sin tantos preámbulos, anuncia:

—Nos casamos mañana por la tarde. Estáis todos invitados.

En la mesa de los Cebolletas no se oye volar una mosca. Se han quedado todos de piedra.

10
EL PARTIDO
DE LOS
PINGÜINOS

El anuncio los ha dejado a todos atónitos y llenos de dudas: ¿tienen que felicitar a los novios o reírse del chiste?

Adam se da cuenta de la sorpresa general y se apresura a dar una explicación:

—Ya sé que un día de noviazgo puede parecer poco... pero no se nos ha ocurrido ninguna razón de peso para esperar y, sobre todo, queremos aprovechar este marco incomparable. No todo el mundo se puede casar en la playa. Normalmente esas cosas solo pasan en las películas...

—¿En la playa? —repite Armando, que ha recuperado el uso de la palabra.

—Sí, nos casaremos mañana mientras se ponga el sol, en esta misma playa —confirma Adam—. Lo preparé todo en Nueva York. En las Bahamas están acostumbrados a ceremonias como estas y las organizan en un pispás. Los papeles que necesitamos ya han llegado y hoy hemos hablado con el sacerdote que nos casará.

—¿Y los parientes? —pregunta Sofía.

—Mis padres vendrán mañana de Nueva York, y también Vito, que hará de testigo —responde el propietario del KombActivo—. Mi hermano Roger ya está aquí.

—Yo ya no tengo padres —explica Elena—. Y organizaremos una fiesta especial para mis parientes y amigos de Praga en cuanto vuelva a casa con Adam. He hablado por teléfono con mi hermano Havel y, aunque no puede venir, estaba encantado con la idea. Considero que la familia Champignon es mi familia de adopción, porque me ha acogido, me ha dado un trabajo y, sobre todo, cariño. Por eso me haría muy feliz que Gaston me acompañara mañana al altar y que Sofía me hiciera de testigo junto a Lucía y Daniela.

A Gaston le entra un ataque de tos y su mujer se pone a darle tremendos manotazos en la espalda para que pare.

—Perdón, se me ha atragantado la emoción... —se justifica el míster con los ojos brillantes—. Lo haré encantado, querida Elena, ¡como si acompañara a mi hija!

—En este caso, hay que brindar —anuncia Armando con un vaso en la mano—. Todos en pie, amigos, adultos y chicos. ¡Al rey de los músculos y a la reina de las hierbas les deseamos de corazón una vida llena de felicidad! Hip hip...

—¡Hurra! —corean a voz en cuello todos los invitados, antes de aplaudir a rabiar.

Elena y Adam se besan y luego dan las gracias.

127

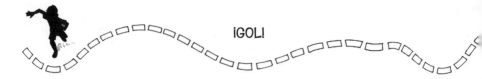

Sofía, Daniela y Lucía rodean inmediatamente a la novia:

—Te has atrevido a mantenernos este secreto oculto, viborilla... —bromea Daniela.

—Os juro que ha sido todo como si me hubiera caído un rayo encima —asegura la checa—. Hasta a mí me ha costado comprender lo que estaba pasando.

—Por algo se habla de «flechazo» —comenta la madre del capitán.

—El amor es la mayor locura del mundo —reflexiona Lucía—. Os conocéis desde hace un montón de tiempo, trabajáis en la misma calle y para daros un beso habéis tenido que atravesar el océano.

—Y pensar que las primeras veces que entró en la tetería detestabas a Adam... —recuerda Daniela.

—Justamente por eso empecé a sospechar algo desde el principio —confiesa la señora Champignon—. Lo detestaba demasiado para que eso no quisiera decir algo...

Las cuatro amigas rompen a reír.

—¿Quién le va a dar ahora la noticia a la pobre Lavinia, que siempre andaba pegada a Adam? —pregunta Daniela con una sonrisa malévola.

—Tengo la impresión de que le vamos a arruinar la serenidad interior... —aventura Elena, provocando una nueva carcajada de sus amigas.

—El último anuncio: mañana hay que vestir de blanco —informa Adam—. Podéis llevar bermudas y zapatillas, pero todos de blanco.

—¿No os parece cómico? —salta Fidu—. En el KombActivo todo es negro, en el gimnasio hay tiburones negros pintados por todas partes, Adam siempre lleva una camiseta negra... ¡y ahora se casa de blanco!

—¿Y dónde vamos a encontrar tanta ropa blanca? —se pregunta Sara.

—La llevamos en la maleta —contesta Dani—. Creo que los chándales de los Cebolletas nos irán de maravilla.

—¿No te parece que son poco elegantes? —pregunta Morten.

—Si estuviéramos en una iglesia, sí, pero en la playa... —apunta Aquiles.

—Tendremos que pensar en un regalo. Algo muy personal —señala Nico.

—Tienes razón, lumbrera, a ver si se nos ocurre algo. Quien tenga una idea, que la suelte —ordena Fidu.

Los adultos también están reflexionando sobre el tema. Pero Violette lo resuelve enseguida.

—No sé dónde podemos encontrar un buen regalo para los novios, pero sí sé dónde hacerlo. Podría pintar un lienzo para que decoren con él su nueva casa. Retrataré esta playa, para que recuerden siempre el lugar en el que se casaron.

—Una idea excelente —aprueba enseguida Armando, mientras los demás asienten—. Es un detalle de lo más personal, y además de gran valor. Con lo que valen los cuadros de Violette, si tienen que cerrar el gimnasio y la tetería, siempre tendrán la opción de vender la obra...

Champignon empieza a toser de nuevo y Sofía a darle manotazos en la espalda. Pero esta vez lo que se le ha atragantado es la risa...

A la mañana siguiente, al alba, Violette coloca su caballete a la orilla del mar, fija encima un lienzo blanco, se sienta con su paleta y un pincel en una mano, observa el sol que comienza a elevarse por el horizonte, respira el aire puro de la mañana y da la primera pincelada, mientras su Augusto echa una canoa al mar y se aleja remando.

Un poco más tarde, Armando y Roger acompañan a Adam al centro de Nassau para buscar un traje blanco; Daniela, Lucía y Sofía hacen lo mismo con Elena.

En cambio, Gaston guía a los Cebolletas a visitar un parque marino. El viaje en catamarán ya habría sido suficiente diversión. Los chicos viajan tumbados sobre una especie de red de malla espesa, tendida a proa entre los dos costados de la nave. Ven el mar debajo de ellos y toman el sol mientras la veloz embarcación salta sobre las olas.

130

—¡Hay que ver cómo vuela este cacharro! ¡Menudo espectáculo! —exclama Issa, que, como buen piloto de minimotos, adora la velocidad.

Jamila, su mejor amiga, procedente como él de África, disfruta de la travesía y de los fascinantes tonos pastel del Caribe. Al final, el catamarán se detiene ante una especie de piscina natural llena de peces de todo tipo. Los chicos se ponen chalecos salvavidas, aletas y máscaras con boquilla y se lanzan al agua. Tienen la sensación de haberse metido en un inmenso acuario tropical.

Los Cebolletas se desperdigan, nadan y admiran peces multicolores de todo tipo y forma. Cuando encuentran uno especialmente notable, se llaman unos a otros. Como está haciendo Elvira, que se ha sacado la boquilla y grita:

—¡Venid a ver esto enseguida! ¡Hay uno enorme con bigotes!

—¿Estás segura de que no es Gaston? —bromea Dani.

Tomi y Eva hacen lo mismo que los demás, pero cogidos de la mano. Nadan juntos a ras de la superficie y, cuando uno de los dos ve algo interesante, da un tirón al otro.

—Bastante más bonitos que los peces de colores del Retiro, ¿no? —pregunta la bailarina al subir de nuevo al borde del catamarán.

—Sí, pero seguro que no me darían consejos tan buenos —afirma el capitán.

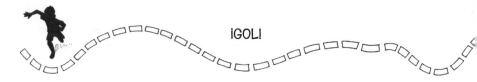
Como sabes, cuando Tomi está en apuros y tiene que tomar una decisión difícil, va al estanque del Retiro a pedir consejo a los peces de colores.

Después de veinte minutos más de viaje, el catamarán deja a los Cebolletas en el centro de la reserva natural, donde se cuidan y entrenan delfines. Los chicos asisten en primer lugar a un espectáculo en el que dos delfines amaestrados realizan varias acrobacias acogidas con aplausos. Luego van entrando en la piscina uno tras otro y posan por turno delante de un delfín que sale a la superficie desde el fondo del agua y da un beso a cada uno.

—¡Qué preciosidad! —comenta Sara, entusiasmada—. ¿Habéis visto qué cara más simpática? Me lo llevaría a casa...

—Lo único que me sabe mal es que Bruno no haya podido venir —dice Nico—. Con lo que le gustan los animales, se lo habría pasado bomba.

Los Cebolletas están muy satisfechos tras su encuentro privado con los delfines, pero todavía falta la experiencia más emocionante.

—¿Os apetece jugar al balón con Loba y Bob, mis mascotas? —pregunta inesperadamente el instructor de la piscina, que habla español—. Llevan todo el día trabajando y ahora les gustaría jugar un poco.

—No podían encontrar a nadie mejor para jugar al balón

—responde João—. Somos un equipo de fútbol. ¿Qué tenemos que hacer?

—De pelota —responde el simpático instructor, que lleva el pelo recogido en infinidad de trencitas.

—¿Qué quieres decir? —pregunta Becan, perplejo.

—Os ponéis en el centro de la piscina boca abajo y esperáis. Lola y Bob llegarán por detrás, subirán a la superficie y darán un cabezazo, es decir, os levantarán por los pies con el hocico y os sacarán del agua. ¿Quién quiere ser el primero?

Los brazos se levantan de inmediato: «¡Yo!, ¡yo!, ¡yo!», pero Sara consigue ser la primera.

NADA HASTA EL CENTRO DE LA PISCINA...

Y SE QUEDA ESPERANDO, BOCA ABAJO Y CON LAS PIERNAS Y LOS BRAZOS SEPARADOS.

NOTA UN EMPUJÓN BAJO LOS PIES Y DE REPENTE ESTÁ HACIENDO EQUILIBRIOS SOBRE EL HOCICO DE LOS DOS DELFINES, QUE LA LLEVAN HASTA EL FINAL DE LA PISCINA, DONDE SE ZAMBULLE.

SCIAFF

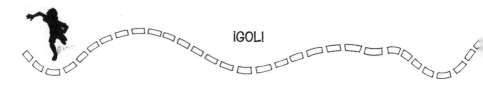

—¡Qué maravilla, chicos! Tenéis que probarlo.

Los Cebolletas se ponen en fila en el agua. Todos menos Fidu, que se queda sentado al borde.

—¿No vienes a jugar con los delfines? —le pregunta Roger.

—Será mejor que no. Peso demasiado.

—¿¡No me digas que tienes miedo!? —insinúa Pedro.

—¿Miedo, yo? Te recuerdo que me enfrenté solo al Vampiro. ¿Cómo iba a tener miedo de un par de delfines?

—En ese caso, demuéstralo —le provoca el coletas.

Así que Fidu no tiene más remedio que echarse al agua.

Cuando llega su turno, va nadando al centro de la piscina y se pone en posición. Casi de inmediato los delfines lo levantan, luego se echa al agua y regresa nadando hacia Pedro:

—¿Estás contento?

Antes de despedirse del grupo, el instructor les informa de que si quieren una foto para recordar su experiencia, la pueden recoger en la tienda.

—¡Sí, yo quiero una! —exclama Sara—. ¡Vamos allá!

Las fotos de todos los Cebolletas subidos sobre los hocicos de los delfines ya están colgadas en una pared de la tienda de recuerdos.

Pedro, además de la suya, coge otra:

—¡Chicos, venid a ver a nuestro Juan Sin Miedo! —grita para llamar la atención general.

En las fotos, todos los Cebolletas sonríen divertidos

puestos en pie sobre los delfines. Todos menos Fidu, que, con la boca abierta y unos ojos como platos, es la viva imagen del terror...

Al desembarcar del catamarán, los Cebolletas recogen todo el material y van a devolverlo al mostrador de actividades deportivas del hotel, donde lo han alquilado. Gaston se detiene de golpe y empieza a tocarse el bigote por el lado derecho, como hace cuando ha tenido una buena idea.

—Un momento, chicos, no devolváis todavía las aletas: ¿os apetece jugar un partido? Tomi, planta tus zapatillas en la arena y haz una portería, yo haré otra aquí.

—Míster, ¿devolvemos el material antes de jugar? —pregunta Nico.

—No, las aletas no las devolváis.

—¿Las vamos a usar para jugar al fútbol? —se extraña Becan.

—Claro, si no, ¿para qué las queremos? Cuando juegan sobre el hielo, los pingüinos no se las quitan nunca...

Los chicos se dividen en cuatro equipos, se ponen las aletas y empieza uno de los partidos más enloquecidos de la historia del fútbol. El primero que siente en carne propia lo difícil que es jugar con esos trastos en los pies es João, que trata de alcanzar el balón pero tropieza con una aleta en la arena y cae rodando.

—¡Esto es imposible, míster! —se lamenta.

—No hay nada imposible, João —le contradice el cocinero-entrenador—. Lo imposible es la coartada de los vagos para no buscar soluciones. Y todo tiene solución.

—La solución es caminar hacia atrás, así no te tropiezas —anuncia Nico, que va empujando la bola con pequeños taconazos y se acerca de espaldas a la portería rival.

Con un toque más potente, el número 10 pasa a Morten, que mete la aleta bajo el balón, como si fuera una pala, y la levanta de golpe. Con ello, logra hacer el pase más «arenoso» de la historia del fútbol...

—¡Todo tiene solución! —aplaude Gaston—. No basta con entrenar los pies y los músculos: la diferencia la marca el cerebro. Y el cerebro se entrena resolviendo problemas.

Chus es la primera en felicitar a Rafa por su gran gol. En cambio, Tomi se apresura a llevar la pelota al centro del campo, porque tiene mucha prisa por empatar...

João avanza de espaldas con la pelota pegada a la frente. Con un rodillazo la envía hacia Dani, que está delante de la portería de Fidu.

Lara comprende enseguida que no logrará en la vida superar al Espárrago en altura, así que antes de que salte le pisa las aletas, que se quedan clavadas en la arena, no así los pies del andaluz... Dani cabecea a la espalda de Fidu el gol del empate: 1-1.

Lara protesta:

—¡No vale! ¡Ha jugado sin aletas! Cuando juegan, ¡los pingüinos no se quitan las aletas!

—Cuando juegan, los pingüinos respetan el reglamento —replica Dani—, ¡no le pisan los pies a nadie!

Gaston toma una decisión:

—A la espera de consultar el reglamento de fútbol oficial de los pingüinos, doy por válido el gol de Dani por la posible acción incorrecta de Lara y decreto que el partido ha acabado en empate. Ahora corred a prepararos. Elena y Adam se casarán dentro de poco.

11
FINAL FELIZ PARA ELENA Y ADAM

Del brazo de Gaston, más radiante y emocionado que nunca, Elena avanza por la alfombra de coco, mecida por las dulces notas que arranca el Gato a su violín. La checa lleva un vestido blanco muy sencillo y una corona de flores blancas en el pelo. Un precioso collar de colores adorna su cuello.

—Qué guapa... —suspira Nico.

Cuando llega a su lado, Adam tiende la mano a la novia y la ayuda a subir los escalones de la glorieta, mientras el cocinero-entrenador va a sentarse en la primera fila, al lado de su mujer.

—Tienes los ojos húmedos, Gaston. Parece que acabes de cortar cebollas —observa Sofía.

—Tengo que admitir que este viejo corazón mío se ha emocionado un poquito.

Al final de la veloz ceremonia, los dos esposos se colocan mutuamente los anillos y se besan entre los aplausos de los invitados, que luego rodean a Adam y Elena para felicitarlos.

El marco en el que tiene lugar la cena también es de cuento con final feliz: mesas con manteles blancos colocadas a poca distancia de la orilla e iluminadas por enormes antorchas plantadas en la arena. De trasfondo, un sinnúmero de lucecitas que parecen alejarse y transforman el mar en un cielo estrellado.

—¿Sabéis algo? —dice Fidu al sentarse.

—A ver si lo adivino: ¿la boda te ha hecho entrar hambre? —replica Nico.

—¿Cómo has podido acertar?

—Muy fácil —responde el número 10—: ¡todavía no se ha inventado nada que no te dé hambre!

Durante la cena, los invitados van llevando sus regalos a la mesa

ELENA Y ADAM

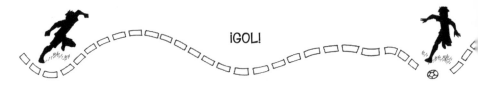
de los novios, colocada sobre una pequeña tarima adornada con flores.

—Es estupendo, gracias queridos amigos. Será un honor para nosotros tener en casa un cuadro de la gran Violette... —comenta Elena al coger la obra, que representa una pequeña canoa dirigiéndose hacia un alba multicolor.

—Cada matrimonio es como un alba hecha de promesas, queridos —explica la mujer de Augusto—. El sol acaba de salir para iluminaros y haceros felices...

Tomi, rodeado por los Cebolletas, entrega a los esposos un balón de fútbol nuevo y lo justifica así:

—No sabíamos qué regalaros y al final hemos escogido lo que más nos gusta... Bueno, vaya, es una manera de deciros que os queremos. Lo hemos firmado todos.

El propietario del KombActivo lee en voz alta la dedicatoria escrita sobre el balón blanco: «Hoy hacéis el saque inicial de un gran partido juntos. ¡Estamos con vosotros!». Emocionado, da las gracias a los Cebolletas:

—Es un detalle precioso, chicos. Yo, que amo tanto el deporte, os lo agradezco en particular. Os aseguro que guardaremos este balón en el centro de la casa.

Cuando termina la cena, Adam avisa a su mujer:

—Prepárate para el gran espectáculo de mi padre...

—¿A qué te refieres? —pregunta la checa.

—Echará al tipo de la pianola y se pondrá a entonar sus

grandes éxitos. Entre los miles de oficios que ha tenido en su vida está el de cantante en cruceros. Y, como creo que habrás comprobado, a mi padre le gusta ser el centro de atención.

—Clavadito a su hijo... —sonríe Elena con una sonrisa enamorada.

El esposo no se equivocaba.

Como un terremoto, el padre de Adam se apodera del micrófono, se pone de acuerdo con los músicos y arranca con una canción romántica entre los aplausos de los invitados.

—Vamos, es nuestro turno —anuncia Sofía cogiendo de la mano a Gaston y llevándolo hasta un hueco entre las mesas.

Descalzo sobre la arena, el matrimonio Champignon inaugura el baile, seguidos poco después por todos los invitados, incluidos Eva y Tomi, aunque el capitán baila aún peor de lo que patina...

En estos casos Eva lo retrata siempre con una imagen acertada: «Un oso con dolor de pies».

—Naturalmente, Rafa está bailando con Chus —observa Dani—. Ya os decía yo que esos andaban escondiendo algo...

—No comprendo qué le encuentra el Niño a la emperatriz de la antipatía —comenta Sara.

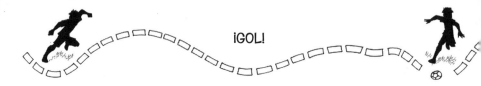
—Le encuentra que es preciosa —responde Nico con un suspiro que le sale del alma.

—¿Tienes un poco de envidia de Rafa? —le pregunta la gemela.

—Un poco no, ¡muchísima! —admite con candidez el número 10.

—Es Rafa el que tendría que envidiarte a ti, porque ahora me vas a sacar a bailar. Vamos, lumbrera... —lo invita Sara, antes de agarrarlo por un brazo y arrastrarlo a la mitad de la pista.

Nico, más torpe aún que el capitán, se fija en los pies de la gemela y trata de imitarla. Se siente como un estudiante que no ha estudiado la lección y al que no le queda más remedio que copiar durante el examen. ¡Algo que evidentemente a él nunca le ha pasado!

Becan y João se alejan para evitar que los obliguen a bailar.

¿Estás esperando que se reten a un nuevo duelo? Pues ¡felicidades, porque has acertado!

—Me debes una revancha por la partida de la otra vez —recuerda Becan.

—¿Qué partida?

—Antes de salir, en la parroquia, habíamos jugado a darle a la cabeza de un muñeco de nieve —explica el albanés.

—Sí, me acuerdo. Y, naturalmente, gané yo... —concluye João.

—Exacto, así que me debes la revancha. Tú venciste con el hielo y yo me impondré con el fuego. Tenemos que conseguir apagar esa antorcha —propone Becan, que ha recogido un balón mientras hablaba.

—Empieza tú, así al menos harás un tiro. Porque la apagaré a la primera —asegura João, siempre tan convencido de sus propias capacidades.

El extremo albanés coloca cuidadosamente el balón en el suelo y mira la llama que tiembla a unos veinte metros de distancia.

El disparo, seco y con el empeine, pasa diez centímetros por encima del fuego.

El tiro del brasileño, con efecto, roza la diana y hace oscilar la llama, pero no la apaga.

—¡Dos centímetros a la derecha y la habría apagado! —protesta João.

143

—Ahora sí que está apagada. Lo siento, con hielo o con fuego, ¡João gana a este juego!

Becan tiene que rendirse otra vez.

El volcánico padre de Adam se acerca a los dos extremos de los Cebolletas, coge el balón y hace una propuesta:

—¿Os apetece echar un partidito? A mí me encantaría. En todos los partidos entre solteros y casados que he disputado, nunca he podido jugar con mi hijo. Ahora que Adam se ha casado puede jugar en mi equipo.

—Buena idea —responde el brasileño—. Jóvenes contra adultos. Planto cuatro antorchas en la arena; así veremos si ha entrado la pelota.

—Vale —aprueba el estadounidense—. Voy a organizar mi equipo.

Al cabo de unos minutos, Augusto está entre los postes y acuden Armando, Adam y Champignon. Daniela llega corriendo, seguida por Lucía:

—¡Os estabais olvidando de los pilares del equipo de los Cebollones! ¡Nosotras también jugamos!

El saque inicial corresponde a Elena, que pone en juego el balón entre los aplausos de todos y sale del campo.

El partido, disputadísimo, acaba con empate a tres.

Al final, Aquiles envía el balón al agua de una patada y lanza un desafío:

—¡El que no me siga no es un Cebolleta!

145

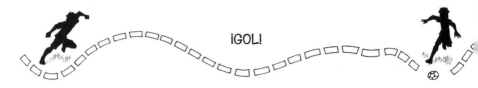

Un maravilloso baño bajo las estrellas pone así el broche de oro a una jornada mágica que nadie olvidará: el perfecto final feliz para unas grandes vacaciones.

El contraste entre el sol del Caribe y la nieve de Madrid con que los chicos se topan en el aeropuerto es tremendo.

—¿Por qué hemos tenido que regresar al invierno? —se lamenta João, el más friolero del grupo, junto a los africanos Issa y Jamila.

—Pues sí, me habría quedado en las Bahamas un mes más —suspira Aquiles.

—Chicos, creo que no nos podemos quejar —comenta el sabio Nico—. Nos hemos divertido un montón, todo ha ido bien y ahora nos toca volver al colegio. Es más, tengo que confesar que me apetece ponerme a estudiar de nuevo.

Fidu levanta del suelo al delgaducho número 10:

—¡Cuando dices cosas como estas te echaría al ring a los pies del Vampiro! —exclama, mientras los demás ríen con ganas.

El día siguiente, por la mañana, Gaston y Sofía Champignon reabren el Pétalos a la Cazuela y se encuentran con una agradable sorpresa.

—Ven a ver —exclama el cocinero-entrenador.

La mujer se acerca al teléfono del restaurante y ve un número 85 que parpadea en la pantalla.

—¿Ochenta y cinco mensajes recibidos? —se pregunta Sofía, sorprendida—. ¿Quién nos habrá buscado con tanta insistencia?

Gaston aprieta una tecla y se pone a escuchar:

«Buenos días, quería reservar una mesa para el sábado próximo hacia las nueve de la noche. Seremos cinco. Me llamo Julio Carpanta y este es mi número de teléfono...

»Buenos días, me llamo Idoia Vergara. Me gustaría reservar una mesa para dos. El viernes a las ocho de la noche, si es posible. Y, por favor, señor Champignon, prepare todos los merengues a la rosa que pueda. Y si ve que se le van a acabar, resérveme unos cuantos...

«Hola, querría una mesa...».

Gaston y su mujer se quedan abrazados mientras escuchan los ochenta y cinco mensajes, y cada vez que les piden una nueva reserva se sonríen con una mirada satisfecha.

—Creo que nuestro Pétalos a la Cazuela ha superado la tormenta y vuelve a navegar por aguas tranquilas —anuncia el cocinero-entrenador, mientras juega con la parte derecha de su mostacho.

—Todo gracias a ti, querido Gaston, y a tu exhibición en televisión —comenta Sofía—. Estaba segura de que habías dado en la diana, pero no me esperaba este aluvión de reservas.

147

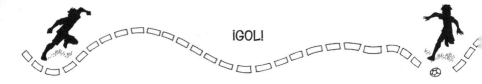

Por la noche, el restaurante se llena de clientes, y los que no han reservado están dispuestos a hacer una larga cola en la calle. Becan tiene que ponerse la chaqueta de camarero para echar una mano a su padre Elvis y a Sofía, que sirven las mesas.

Leo León, sorprendido ante la avalancha de clientes que recibe el Pétalos a la Cazuela, sale de su Molécula, que hoy está prácticamente vacío, y se acerca a curiosear.

Gaston, que acaba de salir a saludar a los clientes que esperan en la acera, lo reconoce de lejos y lo saluda agitando la mano.

Leo finge no haberlo reconocido y tras no responder al saludo vuelve a grandes pasos al interior de su local, como un conejo que se refugia en la madriguera. La muchedumbre congregada delante del Pétalos a la Cazuela le ha quitado el apetito y le ha puesto de mal humor.

Los Cebolletas reanudan los entrenamientos con gran dedicación, porque se acerca el reinicio del campeonato. En Nueva York y las Bahamas se han preparado bien. Como ha dicho Gaston, han entrenado las piernas, los pies y el cerebro. Y se sienten listos para la fase de vuelta, que comenzará con el partido Cebolletas – Sultanes de Estambul.

La noche anterior al encuentro, Tomi y sus amigos se en-

cuentran en la parroquia de San Antonio de la Florida para comer juntos unas tortillas, fortalecer aún más el espíritu de equipo y ver las diapositivas de las vacaciones que hizo Elvira.

La primera imagen que se proyecta en la pantalla blanca es la espléndida vista de Manhattan tomada desde lo alto de la Estatua de la Libertad.

—¡Mirad cómo vuelan los guantes de João! —exclama Dani, provocando una gran carcajada.

Por la pantalla van desfilando las elegantes tiendas de la Quinta Avenida, el Empire State Building, las calles con sus taxis amarillos y sus alcantarillas que vomitan vapor, Fidu y John Cena en el Madison Square Garden, Central Park, las pantallas luminosas de Times Square, los delfines de las Bahamas...

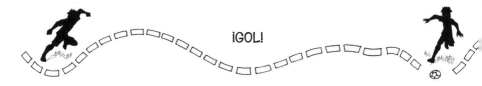

Hasta que, de repente, se proyecta una imagen inesperada: sobre la playa de Nassau, a la orilla del mar, Rafa y Chus se están besando...

Una ovación propia de un gol estalla en la sala de la parroquia, seguida por un torrente de aplausos.

El Niño sonríe abochornado, porque todas las palmadas se dirigen a sus hombros. Menos mal que la Emperatriz no está presente...

La broma no le ha gustado demasiado a Tomi, que da una orden con aspereza:

—Sigue, Elvira.

La imagen desaparece y sobre la pantalla blanca surgen las primeras diapositivas de la boda de Elena y Adam.

—¿Os habéis fijado qué nervioso está el capitán? —pregunta Sara en voz baja a sus compañeros.

—Sí, y ¿te acuerdas de la bronca que les echó a Rafa y a Chus cuando se saltaron el entrenamiento en la playa para irse con la lancha motora? —insiste Dani—. Son muchas pistas a la vez...

—¿Crees que Tomi está celoso del Niño? —pregunta la gemela.

—Sí, me parece que sí —confirma el defensa andaluz—. Está demasiado nervioso. Siempre ha sentido debilidad por la Emperatriz y está claro que sigue sintiéndola...

Por fin ha llegado el día del partido. Se reanuda el campeonato sin ningún incidente.

Comienza la recuperación de los Cebolletas, que tienen que remontar dos puestos en la tabla si quieren llegar a la final de la Champions Kids.

Los Cebolletas y los Sultanes se encaminan hacia el centro del campo, precedidos por el árbitro, que sostiene el balón, mientras de la tribuna, llena hasta la bandera como en las grandes ocasiones, llueve una cascada de confetis.

Las formaciones se despliegan en sus respectivos campos.

El árbitro comprueba que todo está en orden y silba el comienzo del encuentro.

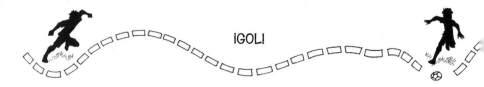

¡La fase de vuelta de la Champions Kids acaba de empezar!

¿Lograrán los Cebolletas remontar y clasificarse para la final de la Champions Kids?

¿Seguirá Pedro jugando con los Ragazzi de Milán?

¿Conseguirá Tomi marcar como en los últimos partidos de la fase de ida o volverá a tener una crisis como en los primeros?

¿Sigue el capitán realmente enamorado de Chus?

¿Se reconciliarán el Niño y Tomi?

¿Seguirá el Pétalos a la Cazuela teniendo el mismo éxito?

Te contaré todo esto y mucho más en el próximo episodio.

¡Hasta pronto! O, más bien, ¡hasta prontísimo!

«¡Choca esa cebolla!»

ÍNDICE

1. UN GRAN EQUIPO

2. ¡NOS VAMOS A BRASIL!

3. ¡EMPIEZA EL CAMPEONATO!

4. LA UNIÓN HACE LA FUERZA

5. LA GRAN FINAL

6. ¡VACACIONES DE CAMPEONATO!

7. ¡HASTA PRONTO, CAPITÁN!

8. UN FICHAJE INESPERADO

9. EL RETORNO DEL CAPITÁN

10. LA HORA DE LA REVANCHA

11. EN TIERRA DE GLADIADORES

12. LOS ONCE MAGNÍFICOS

25. CARA A CARA

26. DUELO
DE MUSCULITOS

27. JUEGO
DE TIBURONES

28. ¡BIENVENIDOS
A ITALIA!

29. UN PARTIDO
DECISIVO

30. ¡A POR
LA REVANCHA!

31. UN NUEVO
INICIO

32. ¡ESTAMOS
EN RACHA!

33. LOS ONCE
CAMPEONES

34. PIQUE
ENTRE CAPITANES

35. ¡LLEGAMOS
A LA FINAL!

36. ¡EQUIPO
SORPRESA!

37. UN RETO
CASI IMPOSIBLE

38. RIVALES
PELIGROSOS

39. ¡AL ATAQUE!

40. EL DÍA
DE LA VICTORIA

41. DIRECTOS
A LA CHAMPION

42. ¡A POR ELLOS,
CAPITÁN!

43. UN PARTIDO
EN CENTRAL PARK